Jaromir Konecny

Das traurige Ende des Märchenkönigs und andere Sexgeschichten

VENTIL

Jaromir Konecny, 1956 in Prag geboren. Zwei Jahre als Techniker in Libyen, Arbeit in der Metallindustrie und als Schiffsmeister. 1982 Emigration in die Bundesrepublik. Promotion als Chemiker über die Entstehung des genetischen Codes. Zur Zeit freier Schriftsteller und Antiquar.

1. Auflage Oktober 2002
ISBN 3-930559-96-X

Lektorat: Christof Größl, Gunther Weinell
Layout/Satz: Oliver Schmitt
Druck: Fuldaer Verlagsagentur, Fulda

VENTIL VERLAG
Büsser, Neumann, Schmitt, Weber, Weinell GbR
Augustinerstraße 18, 55116 Mainz
Fon: (06131) 2260-78, Fax: -79
www.ventil-verlag.de

Das traurige Ende des Märchenkönigs

Der Mensch ist ein sprechendes Tier, ein Geschichten erzählendes Tier. Ich würde gern glauben, daß er sich durch sein Erzählen vor der Ausrottung gerettet hat und daß darin der Sinn des Erzählens liegt.

Bruce Chatwin

Inhaltsverzeichnis

Für die Frau, die am 1. Januar 1977
im Gasthaus *Zur Erdachse* neben mir saß,
als das Licht ausging.

Mein erstes sexuelles Abenteuer

Ich war zehn und Nadja das schönste Mädchen in der dritten Klasse. Brušperk, unser mährisches Städtchen, lag – zumindest der Legende nach – direkt an der Erdachse. *Zur Erdachse* hieß auch die am besten besuchte Kneipe im Dorf. Wenn die Männer nach der Schicht, wie es nun mal ihre Art ist, zur großen Tat schreiten wollten, gingen sie »die Erdachse ölen«. Klar versuchten die Ehefrauen, das Ölen der Erdachse zu verhindern. Mit nur mäßigem Erfolg, muß ich sagen.

Nadjas Vater ölte jeden Abend, das bescherte Nadja manchmal einen Blick in die Ferne. Sie las immer mehr, und mit Menschen sprach sie immer weniger. Eines Frühlingtages mußte ich ihr versprechen, nie Alkohol zu mir zu nehmen, was mir damals nicht besonders schwerfiel. Wir trafen uns immer in einer alten Sandgrube im Wald über Brušperk, und jedesmal zwang mich Nadja zu einer Atemprobe. Damals glaubte ich, alle Frauen sind so …

Auch mein Vater ölte hin und wieder, obwohl er ein verdienter Kommunist war und somit die Mythen der Vergangenheit verschmähte. Schon seit 1933 war er in der Partei, da ging ihm die ganze Erdachse selbstverständlich am Arsch vorbei. Dafür hätschelte ihn das kommunistische System – zu seinem sechzigsten Geburtstag hatte der alte Schlosser von der Revolutionsgewerkschaft ein Fahrrad bekommen. Das Fahrrad stellte mein Vater im Wohnzimmer unseres Hauses aus. In seinem harten Leben hatte er leider nie die Muße gehabt, Radfahren zu lernen. Um ihm an seinem einundsechzigsten Geburtstag eine Freude zu machen, strich ich das Fahrrad weiß und versah es mit grünen Streifen, samt Gummireifen. Er versah dafür meinen Hintern mit roten. Statt Pinseln benutzte er das Kabel von Mutters Bügeleisen. Das Sprichwort »Einem geschenkten Gaul schaut man nicht ins Maul« schien mein Vater nicht zu kennen, und so wurde sein einundsechzigster Geburtstag zu meinem persönlichen Waterloo. Seitdem hasse ich Geburtstage.

Seinen eigentlichen Schatz aber hatte mein Vater im oberen Abteil unseres Wohnzimmerschranks vor mir verborgen: acht echte sozialistische Orden – Auszeichnungen für seine Verdienste um den Aufbau des Sozialismus, für seinen Kampf gegen die Kapitalisten während der ersten Republik und für seinen Widerstand als Partisan gegen die deutsche Besatzung. Den Schlüssel zu den Medaillen hielt mein Vater gut versteckt – in einem kleinen Beutel unter seiner Matratze. Ich verstand daher nie, wie sich mein Vater als Partisan vor den Nazis hatte verstecken können. Jeden Tag holte ich den Beutel hervor und guckte ihn sehnsüchtig an.

Nadja schaute nicht schlecht, als ich einmal in unserer Sandgrube auftauchte, mit Vaters acht Orden behängt.

»Du siehst wie Gagarin aus«, sagte sie, und ich schoß ab wie eine Rakete.

»Huh«, sagte sie, »die fühlen sich aber ganz schön kalt an … Schenkst du sie mir? Ich zeige dir was dafür?«

»Und was?«

»Ja, das!«

»Wirklich?«

»Logisch!«

Sie zeigte es mir. Es sah recht interessant aus, obwohl mir damals die Orden viel besser gefallen haben. Nur mit feuchten Augen trennte ich mich von ihnen.

»Kommst du morgen wieder?« fragte ich sie.

»Wir ziehen nach Ostrava«, sagte sie. »Wir werden uns nicht mehr treffen. Für viele Sachen sind wir viel zu jung.« Ob sie mit den Sachen die Orden meinte?

Auf jeden Fall wollte sie mich wohl mit Pauken und Trompeten verlassen. Innerhalb einer Woche veranstalteten acht Jungen aus unserer Klasse für Nadja eine Peep-Show. Jeder entblößte Pimmel bekam von ihr einen sozialistischen Orden. Tomáš, der unsere Klasse schon zweimal wiederholt hatte und zwölf Jahre alt war, brachte sogar einen kleinen Ständer zustande. Nadja habe ihm daran den *Orden des Siegreichen Februars* aufgehängt, brüstete er sich später. Ich fühlte mich hundeelend. Warum war ich mit dem Schatz nicht sparsamer umgegangen? Für acht sozialistische Orden hätte ich doch wohl etwas mehr von der Welt sehen können! Schon damals wurde mir klar, daß du als Mann fürs Herzeigen viel mehr rausrücken mußt als eine Frau.

Daß du als Mann für kleine Freuden auch mit Schmerzen bezahlen mußt, erfuhr ich kurz darauf, als mein Alter seine Orden für die Erste-Mai-Parade polieren wollte. Zum ersten Mal in meinem Leben hörte ich einen Wolf heulen.

»Man sperrt mich ein!« brüllte er. »Die Orden hat mir die Partei nur verliehen! Meine kommunistische Ehre! ... Jarda, komm her!« – und ich kam, und es war schlimmer als die Erstürmung des Winterpalais.

Am Abend jagte mein Vater durchs Dorf und versuchte, seine Medaillen zurückzubekommen. Selbstverständlich verteidigten meine Kameraden, die Stripper, sie mit aller Kraft – an ihre Schande wollten sie noch lange erinnert werden, so war es im Sozialismus üblich. Nur sieben Orden kamen zusammen, der achte, *Für die Verteidigung des Vaterlandes*, ging unwiderruflich verloren. Nur ein leeres, mit Samt ausgekleidetes Etui blieb übrig. Nadja konnte sich an den achten Dream Boy einfach nicht mehr erinnern. Selbstverständlich schwirrten mir verschiedene Gedanken im Kopf herum. Mein Vater dagegen dachte ans Denken nicht. Den Rest seines Lebens zitterte er davor, von seinen Genossen nach der Medaille gefragt und dann aus der Partei ausgeschlossen zu werden. Welch eine Schande! Der verlorene Orden wurde zu seinem Sündenfall, er hat ihm das Leben versaut! Nein, nicht der Orden, sein Sohn! So bin ich mit zehn Jahren zum Feind des Sozialismus geworden.

Nadja zog mit ihrem saufenden Vater nach Ostrava. Nach Brušperk kehrte sie nie mehr zurück. 1982 ging ich in den Westen, und mein Vater hat mich enterbt. So gehörte es sich im Sozialismus. Einige Jahre später starb er. Erst nach der samtenen Revolution bekam ich über meine Mutter ein Päckchen von ihm. »Das schickt dir dein Vater!« schrieb sie.

Die Orden glänzten nicht mehr, einige klebten an den Polsterungen der Etuis – ich putzte die Metallstücke, obwohl keine Erste-Mai-Parade anstand. Als ich das achte Etui öffnete, ging mein Herz auf für ihn – zum ersten Mal seit seinem Tod. Das Etui war leer, zum ersten Mal seit Vaters Tod fühlte ich, daß er tot war.

Das Telefonbuch von Ostrava kam mir fremd vor, all die Namen darin waren tschechisch. Nach acht Jahren hielt ich ein Telefonbuch mit lauter tschechischen Namen in der Hand, und es war nicht das Telefonbuch von Wien ... Ist mir das Leben immer noch einen Schritt voraus? Nein! Nadja heißt genauso wie vor vierundzwanzig Jahren, nur älter ist sie geworden.

Sie wohnt gleich hinter dem *Masarykplatz,* der zu Vaters Zeiten *Platz der Volksmilizen* hieß. In ihrer Wohnung liegen Bücher: Bücher in Regalen, Bücher auf den Tischen, Sofas und Fenstersimsen, Bücher auf dem Boden, auf dem Klo und in der Küche, Bücher, Bücher und Bücher. Nichts als Bücher! Hat sie während des Sozialismus überhaupt gelebt?

»Du weißt aber schon, was du mir dafür schuldig bist, oder?« fragte sie.

Ich nickte und machte mich ans Werk. So schläft jetzt der Orden *Für die Verteidigung des Vaterlandes* wieder in seinem angestammten Etui, wahrscheinlich für immer, wie die anderen Orden, vielleicht aber auch nur so lange, bis mein Sohn sie findet. Er wird schon wissen, was er mit ihnen anstellen soll.

Ich lebe weiter in München, doch wenn es Nacht wird in Ostrava, darf ich hin und wieder Nadja besuchen. Sie liest mir Geschichten vor, Geschichten, die ich noch erstaunlicher finde als meine eigene. Und das Leben? Das Leben ist mir immer noch einen Schritt voraus. Doch das macht nichts! Ich schaffe es jetzt, mich in meinem Sessel zurückzulehnen und dem Leben nachzuschauen, wie es davongaloppiert. Und manchmal ... manchmal lache ich sogar dabei.

Auf der Jagd nach Terroristen

Für Jan Off

Getreu meiner Funktion als fünfte Kolonne der Spaßgesellschaft im Literaturbetrieb bin ich mit einem Zauberer, einer Stripperin und den *Sticky Fingers* bei einer Betriebsfeier der Porsche AG in Ludwigsburg aufgetreten. Die Luxuswagenfabrikanten haben mir bis weit in die Nacht wohlwollend auf die Schulter geklopft, erst in der Frühe brachte man mich ins Bett. Vier Stunden später ging es mit dem ICE Otto Schily von Stuttgart nach Leipzig, auf eine Veranstaltung des literarischen Undergrounds. Zur Zeit zahlt der Underground besser als die Porsche AG. Freilich muß sich der Underground, seit die Grünen in der Regierung sitzen, als städtisches Kulturamt oder Literaturhaus tarnen – wir leben nun mal in stürmischen Zeiten. Nur noch die Deutsche Bahn ist uns als letzter Hort der deutschen Zuverlässigkeit, der Ruhe und der schönen Träume erhalten geblieben. Wie freute ich mich also auf etwas Schlaf im Zug, vor dem Auftritt in Leipzig! Und tatsächlich tauchte die Lok mit nur zehn Minuten Verspätung in der Bahnhofshalle auf. Gerade noch dachte ich an die Schaffnerin – wer von uns hat es schon mal mit einer Frau in Uniform getrieben? –, und schon trug der schwarze Vogel uns beide in die vor Lust knisternden Schluchten meiner Träume.

»Raschel, raschel, raschel! ...« Die halbnackte Schaffnerin stürzte in einen Abgrund, ich fuhr aus dem Schlaf. Auf dem Sitz neben mir kämpfte ein dunkler Mann mit einer Zeitung.

Gott war mein Zeuge – das Arschloch hatte es auf mich abgesehen! ... Liest er zumindest etwas Vernünftiges? Heiliger Wenzel! Von der aufgeschlagenen Doppelseite seiner Zeitung guckte mich das böse Gesicht Osama Bin Ladens an. Und die Zeitung war auf Arabisch! Schöne Scheiße! Jetzt ist mir alles klar: Neben mir sitzt ein Araber – ein Terrorist!

Ich versuchte, mir nichts anmerken zu lassen und Schlaf vorzutäuschen, und tatsächlich schlief ich noch etwa viermal ein. Und viermal raschelte mich der perfide Islamist aus dem Traum heraus! Na warte, du Bestie! Jetzt wird gehandelt! Ich lief auf die Toilette und zückte mein Handy.

»Polizei? Neben mir sitzt ein Araber, ein Terrorist! ... Wo? Na hier! ... Was? ... Wo hier? Na, im ICE Otto Schily! ... Beweise? Was für Beweise? Ja, spinnen sie denn? Was wollen sie noch für Beweise bei 'nem Terroristen? Das ist doch ganz unüblich! Lesen sie keine Zeitung, oder was?«

»Raschel, raschel, raschel! ...« Zum sechsten Mal riß mich der Kerl aus dem Schlaf, aus meinem schönsten Traum heraus! Und wann redest du schon im Traum mit der Polizei? ... Okay, du Rindvieh! Jetzt werde ich mich auch bilden. Unsere westliche Aufklärung gegen deine Steinzeitkultur! ... Ich zog *Harry Potter und der Stein der Weisen* aus meinem Rucksack. Na siehst du, du religiöser Fanatiker, da kriegst du gleich Schiß! ... Der Moslem stopfte seine Zeitung ins Netz des Vordersitzes und schloß die Augen. Wahnsinn! Kann ich jetzt endlich pennen?

Doch was vorbei ist, ist vorbei: Sechsmal hintereinander aus dem Traum gerissen – wie willst du da noch einschlafen? Mein Herz raste, das Blut pochte in meinen Adern, meine

Ohren spitzten sich auf der Suche nach dem mickrigsten Geräusch wie Paprikaschoten. Ich hörte, wie die Schaffnerin zwei Waggons weiter ihrer knisternden Strümpfe zurechtzupfte. Jetzt werde ich zwei Tage lang nicht einschlafen können, du Lump! Warum läßt der Schily die Turbane eigentlich frei herumlaufen? Alle einsperren! Zack, zack!

Na warte! Ich holte die *Süddeutsche* aus dem Rucksack, die ich schon bis zum letzten Buchstaben durchgekaut hatte, und schlug sie auf. So! Da schau an! Der Jaromir, der Held! Der zeigt's dem Terroristen – ohne Wenn und Aber ...

Als der Traum den friedlichsten Ausdruck dieses Tages in sein dunkles Gesicht zu zaubern begann, setzte ich die *Süddeutsche* in Bewegung – meine Raschelkanone donnerte: »Raschel, raschel, raschel! ...« Na, wie gefällt dir das, Freundchen? Make my day, Arschloch! Du Wüstenmausfresser! Was willst du – mich in den Wahnsinn rascheln und dann schnarchen wie ein Kamel? Da müßtest du mit anderen Waffen anrücken! Was willst du schon mit 'ner arabischen Zeitung gegen die *Süddeutsche* ausrichten, du Depp? Gegen den Hort der Freiheit!

An die fünf Male startete ich meinen Angriff, bis dem Verbrecher die Augen aus den Höhlen quollen und seine Stirnschlagader sich wand wie eine Schlange. »Bumm!« Er schlug mit der Faust in die Seitenlehne und sagte laut auf Tschechisch, im saubersten Ostrava-Dialekt: »Verfickt noch mal! Dieser Hurensohn will mich wirklich nicht schlafen lassen!«

»Ja, leck mich am Arsch!« sagte ich zu ihm in unserer Muttersprache und im selben Dialekt. »Du bist kein Araber, Mann?«

»Araber?« fragte er. »Willst du mich verarschen?«

»Aber du hast die Zeitung …«

»Ach, die … die hab' ich in der Bahnhofshalle gefunden und mitgenommen. Will meiner Alten mal zeigen, wie Arabisch aussieht.«

»Und was machst du hier in Deutschland?« fragte ich.

Er guckte sich um, beugte sich zu mir herüber und flüsterte mir ins Ohr: »Ich jage Terroristen!«

»Ja, das gibt's doch nicht!« sagte ich. »Ich auch!« Und dann lachten wir und lachten und steigerten so unsere Immunabwehr, weil diese Abwehr die einzige ist, die sich zu steigern lohnt.

Liebesgrüße aus der Gruft

Simone habe ich bei einem Auftritt in einem Club unweit vom Goetheplatz kennengelernt. Ich habe dort *Die erste Liebe* gelesen, sie kam nach der Lesung zu mir und kaufte sich *Zurück nach Europa*.

»Soll ich dir was reinschreiben?« fragte ich.

»Ja!« sagte sie. »Schreib: ›Ficken ist schön.‹«

»Mit dem heutigen Datum?« fragte ich.

»Egal. Was machst du sonst so … außer Schreiben?«

»Ich? … Ich sammle Briefmarken.«

»Super!« sagte sie. »Ich auch!«

Gleich für die nächste Woche lud sie mich zu sich ein. Ich sollte mir ihre Briefmarkensammlung anschauen. Die Woche bis zum Besuch versuchte ich, meine Komplexe abzubauen, ich war ja schon achtunddreißig und sie erst um die zwanzig. Rein theoretisch hätte ich bereits vor fünf Jahren einem Mädchen ihres Alters den Vater spielen können, praktisch sowieso.

Die Woche Autogenes Training war aber leider für die Katz. »Ich habe meine Tage«, sagte sie mir am Telefon zwei Stunden vor meinem Besuch. Dabei hatte ich mich schon so auf ihre Liechtensteinsammlung gefreut.

»Wir können aber nächste Woche ins Werkstattkino gehen«, sagte sie. »Meine Mitbewohnerin Anja möchte dich gern kennenlernen.«

»Sammelt sie auch Briefmarken?« fragte ich, doch Simone ging darauf nicht ein.

Wir sollten uns bei McDonald's am Stachus treffen. Im Erdgeschoß hing ein großes Werbeplakat für den gerade eingeführten McDracula und die Frankenstein-Fritten. Die Fritten sahen aus wie Menschenknochen in Miniaturausgabe. Wahnsinn! Die Kids im Westen werden immer früher an das harte Leben vor dem Videogerät gewöhnt. Mann! Und was gibt es noch? Egg-McZombie? …

Ich hockte mich mit meinem klassischen McRib-Sparmenü an einen Tisch, den gerade eine McDonald's-Chinesin aufräumte. Das Mädchen war passend zum Horror-Angebot ausstaffiert: ein schwarzes Kleid bis zu den Knöcheln, schwarz umrandete Augen, ein Armband aus Vampirzähnen, als Ohrringe große silberne Fledermäuse, ein weiß gepudertes Gesicht.

»Habt ihr gerade die Dracula-Wochen?« fragte ich die Kleine. Sie guckte mich nur böse an und sagte: »Das ist mein Tisch.« Hmm … doch keine Angestellte! …

Ich stand auf, und gerade in dem Moment tauchte Simone mit einem vollen Tablett auf. Ja, spinnen die denn heute alle? Auch sie sah in ihrer Aufmachung aus wie Draculas Alptraum. Nur das weiß gepuderte Gesicht war um den Mund herum zusätzlich mit einigen roten Tropfen betupft. Sie zeigte auf die Chinesin, sagte: »Das ist Anja!« und lachte. Anja lachte nicht. Um den ersten Eindruck zu verwischen, holte ich den Mädels Servietten. Anja verschlang ein paar Kartoffelknochen – selbstverständlich ausgiebig in Ketchup getunkt – und taute etwas auf. »Bist du auch nekrophil?« fragte sie mich ohne eine Spur chinesischen Akzents. Ich verbiß mich in meinen McRib.

»Was schauen wir uns heute an?« fragte ich.

»*Zombies speisen zu Mitternacht*«, sagte Anja und grinste. Zum Glück war mir das Lachen schon eine Viertelstunde zuvor vergangen. Mein letzter Horrorfilm war *Psycho* gewesen. Nachdem ich den Film mit sechzehn gesehen hatte, fing ich an zu saufen und hörte damit erst mit sechsunddreißig auf. Warum bloß schauen sich Leute so was an? Ist der Westen noch zu retten? Der Zehntelsekunden kurze Blick auf Sharon Stones Pelz – wenn es überhaupt ihr Pelz war – verursacht hier Skandale, ein Ständer auf der Leinwand würde Demonstrationen für die Rettung der guten Sitten hervorrufen, doch hundert abgeschlachtete Schauspieler an einem Fernsehabend stören keine Sau. Jede Woche verpaßt sich hier ein zwölfjähriger Bursche eine Ladung von Horrorvideos, zieht anschließend mit der Kettensäge zu seiner Omi und rächt sich an ihr für den Brei, den sie ihm früher mal gekocht hat. Wenn man ihn den ganzen Nachmittag Porno- statt Horrorfilme hätte schauen lassen, wäre er vor lauter Wichsen so erschöpft gewesen, daß er keine Kettensäge mehr hochgekriegt hätte.

Jesus! Warum muß ich mir wieder einen Horrorfilm antun? Ich bin doch auf diesen Scheiß gar nicht vorbereitet. Ich bin noch sozialistisch erzogen: Bei uns wurde in der Glotze nur über die Arbeit geredet. Die einzige Gewalt, die du als Kind im Fernsehen hast mit ansehen dürfen, war der Kampf mit der Drehbank. Und sogar der wurde noch positiv dargestellt: Die Maschine verschlingt das Blut spritzende Bein des Drechslers, doch der Drechsler hüpft einbeinig zum Schalter und versucht heldenhaft, die Maschine auszuschalten, damit sie nicht zu Schaden kommt. Das sozialistische Eigentum ist ihm wichtiger als sein blödes Bein.

»Wollen wir uns nicht lieber *Die nackte Kanone* ansehen?« fragte ich. Die Mädels guckten mich an, als würden sie mich nicht verstehen. Ich verstand mich sehr gut.

Im Werkstattkino sah es verdammt gefährlich aus. Schöne Briefmarken! Neben den anderen Leuten nahmen sich meine Begleiterinnen noch relativ harmlos aus. Für die Aufmachung der Kinobesucher waren sicher einige Friedhöfe geplündert worden. Die Grufties nahmen den Dracula-Trip ernst. Oh Gott! Sind die alle so krank, wie sie aussehen? Ich muß der Älteste, doch der einzig Normale in diesem Scheißkino sein! Vielleicht sollte ich mir vom Türken schnell eine Knoblauchknolle holen? ...

Während der Vorstellung machte ich nur dreimal die Augen auf. Zum ersten Mal, als Simone, Anja und das halbe Kino den ersten Lachanfall bekamen. Auf der Leinwand hatte ein Zombie einem Menschen gerade den Kopf abgerissen und saugte das Hirn heraus. Vor lauter Gaudi schiß ich mir in die Hose. Ich machte die Augen wieder zu. Das Kino lachte sich weiter tot. Verdammt! Das kann nicht sein! Vielleicht habe ich keinen Sinn für Humor!? Nach einer Viertelstunde wagte ich einen erneuten Blick. Eine Horde blutiger Scheintoter kroch durchs Fenster in ein Kinderheim. Anja saß neben mir mit weit aufgerissenen Augen und murmelte: »Super, super ...« Ich versteckte mich sofort wieder hinter meinen Augenlidern. Das Publikum wieherte vor Spaß. Um mich herum ging es zu wie bei einer Klamotte mit Dick & Doof. Leider traute ich mich nicht, mir die Ohren zu verstopfen. Das würde den Mädels doch zu denken geben …

Zum letzten Mal sperrte ich meine Augen auf, als sich die Zombies mit ihren Zähnen gegenseitig das Fleisch von den Gliedern rissen und daran lustvoll kauten. Simone beugte ihren Kopf zu mir herüber und flüsterte: »Kannibalismus ist jetzt in.« Ich lief aufs Klo und kotzte ausgiebig. So stark, um ganz abzuhauen, war ich leider nicht. Ich wartete vor dem Kino und betäubte mich mit Fisherman's Friend.

Nach etwa zwanzig Minuten kamen Simone und Anja heraus.

»Ich habe Nasenbluten bekommen«, sagte ich.

»Wo ist das Blut?« fragte Anja.

»Wollen wir uns jetzt die Briefmarken anschauen?« fragte Simone. Anja lachte, als habe sie eine halbe Stunde lang an meiner Nase gesaugt. Oh Gott! Werde ich den Abend überleben? Wird mein Penis heute nacht nicht in einem Gurkenglas landen? Mann! Hau ab! Du hast in der Zeitung schon genug über perverse Weiber gelesen …

Ich ging mit. Was hätte ich auch tun sollen? Bin doch Schriftsteller! Ein Schriftsteller darf nicht vor neuen Erfahrungen zurückschrecken, auch wenn es ihm an den Piephahn geht.

»Da sind wir!«

Mann! Welch eine Tarnung! Simones und Anjas Wohnung schaute gar nicht aus wie eine Gruft. Sogar intakte Puppen entdeckte ich auf dem Sofa – kein einziges Glied abgerissen. Die Mädels setzten mich vor die Glotze und verschwanden.

Als sie eine halbe Stunde später in adretten Jeans, weißen T-Shirts und abgeschminkt anrückten, war ich fast etwas enttäuscht. Statt Küchenmessern hielt jede von ihnen ein großes Briefmarkenalbum unter dem Arm. Sie hockten sich zu mir auf das Sofa, Simone zu meiner Linken, Anja zu meiner Rechten. Na, dann wollen wir mal. Ich holte meine Lupe hervor.

Der Steinmetz

Der Steinmetz Arnošt war der zweitgrößte Säufer in Schamberg, gleich nach dem Totengräber. Im Unterschied zum Totengräber behandelte Arnošt die Lebenden respektlos. Die Dorfhonoratioren, der Parteisekretär, der Vorsitzende des Nationalkomitees, die Direktoren des Kommunaldienstes und der Landwirtschaftskooperative samt ihren Frauen, fürchteten ihn mehr als Stalin den Trotzki. Hin und wieder holte ihn wegen seines großen Mauls die *Öffentliche Sicherheit* ab, aber was konnten die Bullen schon mit einem Fünfundsiebzigjährigen anstellen?

In den Fünfzigern, als der Sozialismus noch von keinem neuen Gesicht träumte und öffentlich Leute umbrachte, mußte auch Arnošt für vier Jahre ins Arbeitslager: wegen seiner kosmopolitischen Umtriebe. Und noch bevor er das Steinmetzhandwerk erlernte, hatte er in Schamberg Kanäle gegraben.

»Das ist eine Sabotage gegen unsere volksdemokratische Republik!« schrie einmal der Vorsitzende des Nationalkomitees die Kanalarbeiter zusammen. »Ihr seid zu fünft da, um einen kleinen Kanal zu graben. Wenn ich allein gegraben hätte, wäre ich schon längst fertig damit.«

»Na ja, du bist vom Fach«, sagte Arnošt, »aber ich bin Doktor der Philosophie.« Und das stimmte: Arnošt war auch der zweitgebildetste Schamberger. Gleich nach dem Totengräber. Daher seine große Gosche. Vor dem siegreichen Februar 1948 hatte er seine Literaturkritiken in allen tschechischen Zeitungen publiziert. Damit war Schluß gewesen nach dem kommunistischen Putsch. Er mußte seine spitze Feder gegen einen stumpfen Pickel tauschen.

Die wahren Hintergründe seiner Verhaftung waren profan gewesen. Der Vorsitzende des Nationalkomitees sei hinter ihm her gewesen, weil Arnošt seine Sekretärin gebumst habe. »Und weil ihre Mutter aus Jugoslawien stammte«, hier hob Arnošt den Zeigefinger hoch, »haben mir die Schweine diese kosmopolitischen Umtriebe angehängt. Ich sei ein Tito-Agent, meinten sie. Als ich aus dem Lager kam, verging ich mich an der Frau des Vorsitzenden. Sie war Slowakin und auch in Mähren eine Patriotin geblieben. Im Bett hat sie ›Über der Tatra donnert es‹ gesungen.«

»Warum bist du Steinmetz geworden?« fragte ich ihn.

»Weil die Idioten nicht wissen, daß ein Epitaph Literatur ist«, sagte er.

Von weit her kamen Leute in unser Städtchen, um sich von Arnošt ausgefallene Inschriften und Verse in die Grabsteine meißeln zu lassen. Sein Ruf als Epitaphkünstler wuchs. Und weil er Literaturkritiker gewesen war und kein Dichter, war auf dem Schamberger Friedhof die gesamte tschechische Literatur verewigt: je Grabstein eine Strophe eines tschechischen Dichters. Vor allem die Avantgarde liebte der Steinmetz, die Poetisten und die Surrealisten: Seifert, Biebl, Vančura ... und Nezval! Auf über zwanzig Grabsteinen konntest du Verse aus Nezvals frühen Gedichten lesen. Fast mochte man aus den Steinseiten einen Gedichtband binden.

»Nezval war ein großer Dichter«, sagte Arnošt, »bevor er ein großes Arschloch wurde.« Er rezitierte einen Vers aus Nezvals kommunistischem Nachkriegswerk:

»Für diese Stadt, für diese Zeit,
blühender als jede Rivalin,
für unsern Gottwald und für Stalin,
für ihre warme Menschlichkeit
sing ich den Frieden.

Würdest du einen solchen Mist zusammendichten?« fragte mich Arnošt.

Am meisten liebte er Karel Teige, den Theoretiker des Poetismus. Stundenlange Vorträge mußte ich mir über Teige anhören:

»Als schon alle Avantgardedichter tot oder rot waren, lebte Teige weiter als Surrealist. Und so ist er auch gestorben. Als Surrealist, verstehst du? ... Warum wollen unsere Dichter ihren Arsch retten statt ihr Herz? Wenn alle tschechischen Schriftsteller so wie Teige wären, müßten wir uns jetzt nicht schämen für unsere Bücher.«

Arnošts Haus lag an der Friedhofsmauer, daher seine Freundschaft mit dem Totengräber. Und weil der Totengräber ein besessener Autodidakt war. Er hatte die größte Privatbibliothek in Schamberg, sogar noch größer als die von Arnošt. Leider hatte ihn sein Vater gezwungen, die Toten zu versorgen, statt in Prag Bohemistik zu studieren. Eine lästige Sache, in eine Dynastie hineingeboren zu werden. In eine Totengräberdynastie.

Der Totengräber und der Steinmetz kannten sich schon von der Schule her. Jetzt guckten sie sich gemeinsam die Toten an und disputierten über die jeweils für sie geeigneten Verse. Dabei kippten sie eine Flasche Bier nach der anderen hinunter. Einmal stritten sie so wild, daß die trauernde Familie sie von dem Toten wegzerren mußte.

»Laßt mich, ihr Schweinehunde!« brüllte der Steinmetz. »Gleich verpasse ich ihm ein Gedicht!«

Arnošt wurde älter, genauso wie sein Hauptfeind. In den Sechzigern verlor der Sozialismus die Zähne, in den Siebzigern wurde er senil. Das kam Arnošt zugute. Mit seinem Spott, den er früher mal über die tschechischen Literaten gegossen hatte, konnte er jetzt die Schamberger Parteibonzen beißen. Zur Brotzeit kam er immer auf den Schamberger Stadtplatz, stellte sich mit einer Flasche Bier vor den Lebensmittelladen und führte dort seine gelehrten Monologe. Die Einheimischen nannten ihn den Sokrates von Schamberg. Manchmal gesellte sich der Totengräber zu ihm, schon in der Frühe stockbesoffen. In seinem rabenschwarzen Arbeitsanzug fuchtelte er mit der Bierflasche herum wie ein Dirigent. Neben ihm stand der Steinmetz in seiner daunenweißen Montur, aus der Marmor staubte. Da Arnošt unentwegt gestikulierte und mit den Händen seine Montur abklopfte wie einen Teppich, schwebte er allzeit auf einer weißen Wolke – der Heilige Säufer von Schamberg.

Hin und wieder tranken Josef und ich dort ein Bierchen mit den zwei Totenfreunden. Als einmal die Frau des Parteisekretärs aus dem Laden kam, schlug Arnošt die Absätze seiner schweren Arbeitsstiefel zusammen, rief: »Seine Hoheit, der Kaugummi!« und blies der Genossin eine Kaugummiblase vor die Nase, groß wie ein Fußball. »Patsch!« Sie platzte. Eine trickreiche Attacke! War die Blase doch mit seiner fürchterlichen Bierfahne aufgeblasen ...

Ein anderer ehemaliger Mitschüler Arnošts war der Schuldirektor Kunda – ein alter Genosse, ein stolzer Kampfgefährte unseres ersten Arbeiterpräsidenten Klement Gottwald. Der Morbus Alzheimer hatte sein Hirn zu einem Fossil verwandelt. Schon 1968 schickte man ihn in Rente, weil er den ganzen Tag hindurch debile Anweisungen in den Schulfunk sabberte – während seiner Zeit als Partisan war er ein fanatischer Funker gewesen. Nach der Zerschlagung des Prager Frühlings brauchte ihn die Partei aber wieder. Bei den Säuberungen gingen ihr die Kader aus. Dank Alzheimer hatte es Kunda in den Sechzigern nicht geschafft, sich zu einem Reformkommunisten zu wandeln wie die meisten anderen Genossen. So durfte der Hirngeschädigte nach der russischen Okkupation wieder Direktor der Schamberger Hauptschule werden. Gleich bei seinem Amtsantritt krallte er sich das Schulfunkmikro:

»Ich bin gekommen, um das hiesige Zentrum der Konterrevolution zu zerschlagen. Ich muß den antikommunistischen Diversanten das Handwerk legen. Wer hat mir meine Kügelchen gestohlen? Meine hübschen Kügelchen! Sabotage! Wir untersuchen ... Meine schwarzen Kügelchen ... Sozialistisches Eigentum ... Ich will zurück, zurück! ...«

Der Kerl brachte nur am Anfang seiner Rede zwei zusammenhängende Sätze zustande. Die restliche halbe Stunde stotterte er einzelne Wörter ins Mikrofon, bis die Sekretärin dezent das Gerät abstellte und sagte: »Der Strom ist ausgefallen, Genosse Direktor.«

Die Kügelchen hatte irgendein Schüler in der Schulwerkstatt von den Hebeln der Drehbank abmontiert, um sich einen Klick-Klack daraus zu bauen. Kunda rief deswegen die Staatssicherheit in die Schule.

Bei verschiedenen Feiertagen ließ Kunda die Schüler vor dem Denkmal der Gefallenen des Zweiten Weltkriegs Wache stehen. Dort zitterten sie stundenlang vor Kälte in ihren leichten Pionieruniformen.

Wenn der Direktor mit einer Schulklasse über den Stadtplatz zog, brüllte Arnošt immer: »Paßt auf eure Brotzeit auf, Kinder! Als ich mit eurem Alten die Schule besucht habe, hat er den Kleinen im Kinderhort immer ihre Butterbrote geklaut. He, du alter Stinker! Scheißt du dir immer noch in die Hose? Ja, ja, Kinder, noch in der siebten Klasse war er jeden Tag vollgeschissen.« Arnošt haßte den Schuldirektor mit der ganzen Macht seiner guten Seele.

Als Arnošt fünfundsechzig wurde, zwangen ihm die Stadtoberen die Altersrente auf. Seitdem meißelte er die Grabsteine im Garten seines Häuschens – umsonst. Na ja … manchmal brachten ihm Leute Essen und Schnaps dafür.

Der Friedhof gedieh weiterhin literarisch. In der Frühe, gleich nach dem ersten Bier, spazierten Arnošt und der Totengräber durch den Gedichtegarten und rezitierten laut die Epitaphe. Bei einem Grab blieben sie meist länger stehen. Dort lag ihr Freund Toman begraben, der Kneipendichter, der obszönste Mensch in Schamberg, den die Bullen Anfang der

Fünfziger bei der Zwangskollektivierung erschlagen hatten. Die beiden ließen ihm zehn Jahre nach seinem Tod einen neuen Grabstein aufstellen. In Marmor meißelte Arnošt eine Strophe aus František Halas' Nachruf auf Jiří Orten:

Wenn in Kathedralen Fische schwimmen werden
wird dieser Dichter
mit Namen aufgerufen.

»Toman, Toman ... so viel Spaß ist dir entgangen«, brummte dabei der Totengräber, und Arnošt fügte hinzu:

»Mit diesen roten Hurensöhnen!«

Der geheimnisvollste Grabstein aber war noch nicht aufgestellt. Arnošt sagte uns einmal: »Jungs, mein Grabstein wartet schon bei mir in der Werkstatt. Ich möchte keine andere Scheißplatte auf meinem Grab sehen, wenn ich tot bin. Kümmert ihr euch darum?«

»Klar, Mensch! Keine Sorge!«

Angucken durften wir uns den Grabstein aber nicht. »Erst wenn ich abkratze«, sagte er. »Auf dem Stein werdet ihr die Verse des besten lebenden tschechischen Dichters lesen.«

Auf diesen Dichter waren Josef und ich verdammt neugierig. Unsere Generation kannte nur die sozialistischen Realisten. Waren nicht alle guten Dichter schon lange tot?

Letzte Woche wollte ich mir von Arnošt Bücher ausleihen. Durch ihn hatte ich Hamsun und Céline kennengelernt sowie weitere Schriftsteller, die bei uns seit 1948 nicht mehr erscheinen durften. Ich traf ihn in seinem Garten an, vertieft in seine Arbeit. Er meißelte *Die letzten Sonette des Einzelgängers* von Jaroslav Vrchlický in eine Grabplatte:

Wohl als Stein – werden wir zusammen liegen
Wohl Welle – durch die Wälder fliegen
Wohl Vögel, daß wir Tage wecken!
Durch Wandlung in Wandlung – wir auf uns vertrauen
eine Luft atmen – in einen Himmel schauen
Was wir Tod nennen, birgt jetzt keine Schrecken.

Doch hier hörte der Steinmetz längst nicht auf. Nach *Mojmir Posledni, * 6.9.1921 † 1.7.1980* klopfte er weiter in den Stein – winzige Buchstaben, Zeile für Zeile:

Das ist freilich die gemütlichste Weise, den Tod zu überwinden. Ich bekenne, daß ich Herrn Vrchlický um sie beneide. Mir würde sie nicht reichen, genausowenig wie mir all die chemisch-mineralisch-botanisch-zoologischen Metamorphosen reichen …

So meißelte der Steinmetz. Schon sechs Zeilen der winzigen Schrift schmückten den Granit … Nein, er meißelte nicht, er schrieb. Aus dem Steinmetz war wieder der Rezensent geworden.

❦

Die Beerdigungskapelle jagt mir Todesangst ein. Hmm ... so was müssen sich die Toten zweimal die Woche anhören. Diese armen Schweine ... Dann lieber leben!

Vier schwarzgekleidete Träger lassen den Sarg langsam ins Grab hinab. Obwohl der Totengräber schon ausgetrocknet ist wie eine abgestorbene Wüstenpflanze – nur noch ein durstiges Gerippe –, kullert ihm eine Träne die runzligen Wangen hinunter.

»Das ist doch nicht Arnošts Grabstein, oder?« frage ich. An einem Baum lehnt eine kleine Kalksteinplatte:

Arnošt Dašal, Steinmetz
** 12.1.1910 † 5.7.1980*

»Nein, sein Grabstein liegt noch bei ihm in der Werkstatt. Die Hunde haben verboten, das Ding aufzustellen.«

»Ja, aber wir haben ihm versprochen ...«

»Scheiße! Was können wir machen?«

Der Totengräber und ich gucken Josef an.

»Ihr meint? ... Okay. Schauen wir uns das Ding doch an.« Wir gehen.

Der Grabstein ist ein Prachtstück aus weißem Marmor. An ihm kannst du gleich erkennen, was für ein barocker Mensch Arnošt war. Fabelhafte Verzierungen und Figuren. An diesem Kunstwerk muß der Steinmetz monatelang gemeißelt haben.

Die Verse kannte ich nicht:

Was wollt aber ihr? Zehn Punkte auf dem Schlachtfeld
oder null im Scheißhaufen?
Mit dem Stein?
Wäret ihr nur,
ihr Prokuristen und Disponenten,
mit 'nem großen Furzblech des Proletariats
schon am zehnten Gai auf dem Hosenlatz,
Papagaien arara, wäret ihr nur
gemein gewesen per os, vor Gott in eurer Brust zartihr
Trödler des Futurs –
für drei Zehner ewig.

Arnošt Dašal, Literaturkritiker,
Steinmetz und Antikommunist
** 12.1.1910 † 5.7.1980*

»Wer hat das Todesdatum eingemeißelt?« frage ich.

»Er selbst«, sagt der Totengräber. »Einen Tag vor seinem Tod.«

»Wir brauchen noch mindestens drei Leute, um den Stein hochzuhieven.« Ich gucke Josef an. »Geht's bei dir also?«

»Logisch!«

»Die Leute treiben wir abends in der Kneipe auf«, sagt der Totengräber.

Und wir haben sie aufgetrieben: Den Traktoristen Lojza und den Feuerwehrmann Vilém, beide im Hochrausch. Der Totengräber genauso. Auch Josef und ich haben den ganzen Abend über Mut getankt.

»Los! Gehen wir!«

Lärmend karren wir eine Stunde vor Mitternacht den Grabstein in Josefs Garten:

»Ich werde sie bumsen und sie wieder mich, mich, mich ...« Ein richtiger Ohrwurm, was Lojza und Vilém da singen.

Die Bullen schlafen schon. Na sicher! Keiner schießt auf uns ...

»Gott sei Dank sind meine Eltern letztes Jahr gestorben«, sagt Josef. Der große Garten gehört jetzt ihm allein. Und dem Steinmetz. Das Loch haben wir schon am Nachmittag ausgehoben. Nur noch den Grabstein aufstellen ... Bah! Schön! ... Und jetzt kommt das richtige Abenteuer! Wir brettern durch das dunkle Dorf.

Der Spaten wirkt auf den Totengräber wie eine Koffeinspritze, schlagartig nüchtert er ihn aus. Wir drei graben wie verrückt, während Lojza und Vilém uns mit ihrem Gegröle anspornen:

»Ich schraube ihn bei dir rein ...«

»Leise, Arschlöcher! Wo sind wir denn? Beim Preis um die *Goldene Nachtigall*, oder was?«

»Eher beim Preis ums *Goldene Gitter*«, sagt der Totengräber. »Laß sie nur singen! Das gefällt Arnošt sicher. Jetzt in der Nacht traut sich sowieso keiner auf den Friedhof. Wenn morgen jemand fragt, was da los war, sage ich, daß die Geister der toten Kulaken wieder ihren enteigneten Bauernhöfen nachgeheult haben.«

Wir schuften wie bei einem Jugendbau, und Lojza und Vilém gurgeln sich literweise Wodka durch die Kehle. Sie haben es sich auf der Tumba hinter Arnošts Grab gemütlich gemacht.

Gegen zwei taucht endlich der Sarg auf. Jesus! Das Ding wiegt mindestens eine Tonne. »Hilfe!!!«

Wir hieven den Sarg auf den Karren. Schnell noch das Grab zuschaufeln, und nichts wie weg hier. Die zwei Idioten grölen weiter ihre obszönen Lieder, auch der Totengräber macht mit. Trotz Mitternacht traut sich kein Gespenst an die frische Luft, nicht einmal ein Exkulak. – Verdammt! Die Bullen sind nicht so zimperlich! Wenn sie uns mit einem Sarg und einer Leiche erwischen ... Das wird im Knast lustig werden:

»Und warum sitzt du?«

»Ach, nur wegen Grabschändung ...«

Nicht zu vergessen, daß Arnošt eine verdammt heiße Ware ist. Ein toter Antikommunist. Zum Glück ist Schamberg das nächtliche Gebrüll gewöhnt.

Als die Sonne auftaucht, steht in Josefs Garten ein prächtiges Grab. Lebe wohl, Arnošt, wir gehen auch schlafen.

Am Tag danach will ich mir die Ruhestätte unseres Freundes noch einmal ansehen. He!? Bin ich noch besoffen? ... Auf den Grabstein hat jemand hinter das Todesdatum einen Punkt gemeißelt. Gestern war der Punkt noch nicht da. Darauf würde ich meinen Arsch wetten ...

❦

Nach fünfzehn Jahren Emigration in München bekam ich zum Geburtstag einen schmalen Gedichtband: *Noe läßt die Raben ab* von Ivan Diviš. Zum ersten Mal habe ich Divišs Gedichte gelesen. Jetzt weiß ich endlich, wer der größte lebende tschechische Dichter ist. Das Bändchen erschien 1975 im Ausland. Wie ist Arnošt an das Buch herangekommen?

Wie so viele tschechische Dichter, lebt auch Diviš nicht in seiner Heimat. Seit fünfzehn Jahren wohnen wir beide ein paar Häuser voneinander entfernt, in München. Ist das nicht verrückt? Der größte lebende tschechische Dichter lebt in Deutschland.

❦

Josef hat sich noch vor der samtenen Revolution zu Tode gesoffen. Auch der Totengräber ist längst tot. Der Grabstein steht nicht mehr in Josefs Garten, und die neuen Eigentümer haben von dem Grab nie etwas gehört. Steckt der Sarg immer noch da unter der Erde?

Irgendwann möchte ich nach Schamberg zurückziehen und das Steinmetzhandwerk erlernen. Ein neuer Grabstein muß gemeißelt werden. Eigentlich vier Grabsteine. Wir haben es Arnošt doch versprochen. Und wer sonst als ich sollte Steinmetz werden? Alle meine Freunde sind ja tot.

Wie ich mit Hilfe bewußtseinserweiternder Pilze den besten Sex meines Lebens hatte

Gott ist bekanntlich ein alter Voyeur und die Welt eine Peep-Show. Der Mann wird in sie hineingesetzt, um sich von einem sexuellen Desaster ins andere zu stürzen. Gott lacht nun mal gerne. Ich bin ein gutes Beispiel dafür.

Sonja habe ich bei einem Vortrag über Thomas Mann kennengelernt. »Dieser Thomas Mann geht mir arg auf den Sack«, sagte sie laut und stolzierte auf Stöckelschuhen an mir vorbei zum Ausgang des Vortragssaals. Unter ihrem schwarzen Netzhemd trug sie keinen BH, und wahrhaftig – wenn sie einen BH getragen hätte, hätte er eine Menge zu halten gehabt. Sogar dem vortragenden Literaturkritiker verschlug es bei diesem Anblick die Sprache. Als es um die homoerotischen Phantasien von Thomas Mann gegangen war, hatte er dagegen keine Hemmungen gehabt. Na, wenn das nicht die Frau meiner Träume war! ... Autsch! Was ist denn los mit mir? Donner und Blitz im Schädel! Hoho! Was geht da vor in meinem Geiste? ... Denke ich gar? Uff! Und Feierabend! ...

Mein Kopf beruhigte sich, es schnurrte wieder gemütlich in den grauen Windungen, und da ... ja, da glitzerte er und glänzte in der Schale – der Diamant aus meinem heißen Hirnofen, der aktuelle Witz, die intelligenteste Anmache, seit der Comte de Buffon in seinem Salon den Damen seine Spermien unter dem Mikroskop gezeigt hat! Der Frauenfänger! Jawohl! Nicht nur mit bunten Federn protzen wir Männer. Sogar vor

Tiefsinn schrecken wir nicht zurück! Es gibt wohl Frauen auf der Welt, die auch so was schätzen. Ich rannte ihr nach.

»Mir auch!« holte ich aus, als ich sie einholte. Schon wollte ich ihr den Geistesblitz um die Ohren knallen ... aber ... hmm ... ist er nicht ein bißchen zu gewagt, der Witz? Verdammt! Warum habe ich mich wieder mal mit dem Denken eingelassen? Wer gibt sie mir zurück, die verbrannten Gehirnzellen?

»Was ist mit dir?« fragte sie.

»Wie spät ist es?« fragte ich.

»Hast du 'nen Großen?« fragte sie.

»Zweiundvierzig!« sagte ich.

»Ach«, sagte sie. »Ich frage nicht nach deiner Schuhgröße! Ob du 'nen großen Schwanz hast, will ich wissen.«

»Um Gottes willen!« sagte ich. »Nein!«

»Das ist schade«, sagte sie. »Kommst du heute abend zu meiner Vernissage?«

»Bist du 'ne Malerin?«

»Na klar!« sagte sie.

»Und was malst du so?«

»Na, Schwänze!« sagte sie.

»Interessant«, sagte ich.

Sie hatte nicht übertrieben. Auf ihren Bildern im zweiten Stock eines Schwabinger Treppenhauses konntest du Penisse in all ihren Arten und Abarten bewundern: große und kleine, dicke und dünne, mit Eiern und ohne. Sogar einige Stilleben mit Schwanz hingen dort, die so gewagt waren, daß ich mich nicht traue, sie zu beschreiben. Mir wurde etwas schwindlig von der Schwanzparade, ich kippte eine Apfelschorle runter.

Jemand packte mich am Arm. »Gefallen sie dir?« fragte sie.

»Na ... ja!« sagte ich.

»Würdest du mir Modell stehen?«

»Ich bin nicht fotogen.«

»Das macht nichts«, sagte sie, »ich will dich ja nicht ganz malen.«

Am Freitag rückte ich in ihrer Atelierwohnung an, unweit vom Baader Café.

»Nimm dir doch ein Buch aus dem Regal«, sagte sie, »ich muß kurz weg. In einer Stunde bin ich zurück.«

Ihre Bibliothek bestand vor allem aus Fachliteratur. Diverse Kunstbände wie *Penis im Wandel der Zeiten*, *Das männliche Geschlecht in den Bibelillustrationen der Renaissance*, *Phallus – eine aerodynamische Vision*, aber auch kleinere Werke fand ich dort: *Der Phallognostiker* und sogar unappetitliche Titel wie *German Psycho II – Die Schwanzabschneiderin vom Viktualienmarkt*, mit dem hübschen Untertitel *Geschichte einer Sehnsucht*. Daneben suhlten sich einige spätemanzipatorische Werke mit genauen Anweisungen zu chirurgischen Attacken der gemeinen Art. Manche von diesen terroristischen Machwerken würden sicher den Verfassungsschutz auf den Plan rufen. Leben wir nicht in einer phallozentrischen Gesellschaft? Erst ganz hinten im Regal fand ich einige belletristische Bavarica, zum Beispiel *Der Fetischist vom Gärtnerplatz*. »Spürst du die Wonne in deinem Gedärm prickeln«, schrieb darin Adolf Graf von Lederhosen, »wenn du dir ihr Höschen über den Kopf ziehst?«

Sonjas Unterwäsche fand ich im Schlafzimmerschrank. Als alter Empiriker zog ich mir eins von ihren schwarzen

Höschen über den Schädel und betrachtete mich im Wandspiegel. Hmm ... kein Kribbeln im Gedärm. Ist der Graf Adolf etwa aus einem anderen Holz geschnitzt? ... Ui! Was liegt denn da? Im Spiegel entdeckte ich einen Haufen Pornohefte. Sie schlummerten auf dem Nachttisch. Da schau an! Doch etwas für Intellektuelle in dieser Wohnung!

Und so fand mich Sonja auch bei ihrer Rückkehr vor: auf ihrem Bett, über einen Stapel Pornohefte gebeugt, mit ihrem Höschen auf meinem Kopf.

»Du bist sexuell ziemlich unbefriedigt, oder?« sagte sie.

»Ich komme vom Dorf«, sagte ich.

»Hast du noch nie ordentlichen Sex gehabt?«

»Eigentlich nicht!« sagte ich. Die Lektüre der Pornohefte hatte in mir eine Menge Komplexe wachgerufen.

»Willst du noch auf dem Sterbebett von deinen Tiergartenbesuchen träumen?« fragte sie. »Sex ist wichtig. Wenn du nur einmal guten Sex erlebt hast, wirst du das ganze Leben davon zehren. Und auch sterben kannst du leichter mit einer schönen Erinnerung.«

»Aber ich will noch nicht sterben«, sagte ich.

»Egal!« sagte sie. »Hast du schon Pilze gegessen?«

»Na klar! Maronen, und Steinpilze auch.«

»Nicht die!« sagte sie. »Ich meine richtige Pilze. Fliegenpilze! Hast du von unserer Künstlergruppe gehört? Wir sind die Avantgarde des neuen Jahrtausends. Alle Kunstismen kannst du vergessen. Jetzt kommt der *Kopulismus*. Und die *Kopulisten* holen sich ihre Inspiration im Fliegenpilzrausch. Wir waren sogar schon in der Glotze! Auf Fliegenpilz erlebt der Künstler die Sexekstase seines Lebens, das ist eine Muse ohnegleichen.

Du hast doch meine Bilder gesehen! Alle im Rausch gemalt. Komm! Wir essen jetzt ein paar frische Pilze, Erich hat mir welche mitgebracht.«

»Honecker?«

»Waaas?«

»Nichts!« sagte ich.

»Komm!« sagte sie. »Die Pilze werden dich enthemmen.«

»Ich bin schon jetzt ganz enthemmt«, sagte ich.

Sie führte mich in die Küche. Auf dem Tisch stand ein Korb voller Gewächse, vor denen mich meine Mutter immer gewarnt hatte. Wahrscheinlich würde sie recht behalten.

»Sind die nicht seit Tschernobyl verseucht?« fragte ich, aber Sonja hielt nicht viel von gesunder Ernährung.

»Zieh dich aus!« sagte sie. »Dieser Sex wird deinen Horizont erweitern! Mit dieser Erinnerung im Kopf wirst du dich auf dem Sterbebett in den Tod masturbieren.«

Sie schlüpfte aus ihrem Jeansanzug. Auch ich zog mich aus, und sie begutachtete mich. »Du hast nicht gelogen«, sagte sie.

»Ich muß schnell pinkeln«, sagte ich. Auf dem Klo verfaßte ich schnell mein Testament. Geld hatte ich nicht, und meine Meerschweinchen vermachte ich einem befreundeten Literaturkritiker, der mal eine schlechte Rezension über eines meiner Bücher geschrieben hatte.

Und zurück ins pralle Leben! Die Pilze schmeckten beschissen. Huh! Meine Haut begann zu kribbeln, meine Kopfhaut juckte. »Es geht los!« sagte Sonja. »Nach dieser Nacht wirst du nie mehr vögeln müssen. Der größte Fick deines Lebens wartet auf dich.« Sie fing an zu lachen, sie brüllte vor Lachen, also lachte ich auch; das Lachen wollte nicht vergehen, stundenlang lachten wir. Sie stand auf, nackt, immer noch vor Lachen brüllend, das machte sie schön, sie packte mich und zerrte mich zum Bett.

Ich ließ mich führen wie ein Ochse. Wir fielen auf die Matratze, ich rollte mich auf sie und ... wachte auf. Sie lag nackt neben mir auf dem Bett und schlief. Durch meinen Kopf zogen Tausende von winzigen Schmieden, sie zerhämmerten meine Hirnzellen, mein Penis brannte wie nach einer Pitralonpolitur, schon mein Blick tat ihm weh, in meinem Bauch gurrten Tauben, eine Horde Bauchzwerge spielte ›Strebekatze‹ in meinem Darm, ich lief aufs Klo und brüllte, jetzt nicht mehr vor Lachen, ich kotzte in das Gebrüll. – War es mir je so schlecht gegangen? Warum war ich eigentlich nicht tot?

Nach etwa einer Stunde kam ich zurück. Sie war wach und immer noch nackt. »Na«, sagte sie, »wie war's?«

»Großartig!« sagte ich, packte meine Sachen und haute ab. Was hätte ich auch tun sollen? Konnte ich ihr sagen, daß ich in dieser Nacht, zumindest nach dem Zustand meines Geschlechtsorgans zu urteilen, wahnsinnigen Sex gehabt hatte, wahrscheinlich den wildesten Sex meines Lebens, die endgültige Erfahrung, die Erleuchtung am Schwanz, die Mösenexpedition par excellence? Jawohl, heute nacht hatte ich den Südpol erobert und dort meine Flagge in einen Eisblock gehauen, gespritzt hatte ich gleich einem Mammutjäger, heute nacht muß ich gewildert haben wie ein Bonobo-Affe ... Nur – wo war die verdammte Erinnerung daran? Wo waren die schönen Bilder geblieben, mit deren Hilfe mein Sterben erträglich sein würde? Nichts! Verdammt – nichts! Ich konnte mich keines einzigen Augenblicks dieser großartigen Nacht entsinnen.

Ich hatte einen Blackout! Ja, Scheiße! Ich hatte den besten Fick meines Lebens erlebt und ihn auch gleich vergessen. Wie ein Tier! Diese blöden Pilze! Sie hatten mich erst angetörnt und dann mein halbes Hirn vernichtet! War das nicht zum Heulen?! Nicht mal eine mickrige Schamlippe war mir im Kopf hängengeblieben! Rein gar nichts! Nur Kopfschmerzen hatte ich. War das nicht schlimmer, als hätte ich überhaupt nichts erlebt? War ich nicht der Arme, der mal reich gewesen war?

Ich trottete auf die Straße. Der Himmel war blau und häßlich, nur mit einer Wolke bedeckt, die wie ein menschliches Gehirn im Profil und ganz kaputt aussah. Mein kaputtes Hirn trug ich heim. Seit diesem Tag hasse ich Pilze. Nicht einmal Maronen kann ich in den Mund nehmen. Verdammte Schwammerl!

Das traurige Ende des Märchenkönigs

Für Stefan Mirbeth

In München kommen waschechte Bayern nur sporadisch vor. Klaus war so einer. Er rauchte fünf Schachteln Marlboro am Tag und schluckte während der Schicht acht Flaschen Paulaner, jede Stunde eine. »Sonst bin i' von die Zigarett'n zu nervös!« sagte er.

Lorenz, der Hilfsmaurer, stammte wie jeder richtige Münchner aus Berlin. Wenn er verkatert war, trank er auf der Arbeit nur Buttermilch. »Die Praiß'n san auf Babynahrung!« sagte Klaus dann.

»Die Tschechen nix Praiß'n sein, oder?« fragte er mich einmal.

»Du kannst mit mir Hochdeutsch sprechen, Klaus«, sagte ich zu ihm, »Hochdeutsch verstehe ich, nur Bayrisch verstehe ich nicht.«

»Ja, Kruzifix! An Scheißdreck verstehen du! Ich sprechen Hochdeutsch!« Klaus hatte in seiner Jugend zu viele Indianerfilme gesehen …

Einmal bauten wir in der Türkenstraße einige Altbauwohnungen um. Ich schleppte Zementsäcke in den dritten Stock, Lorenz mischte Mörtel und Klaus mauerte und motzte – er brauchte immer drei Halbe, bis er richtig anlief.

»Hey, du Hirsch, du damischer!« brüllte er Lorenz an, »wenn ihr die Berliner Mauer mit am solch'n Mörtel 'baut habt, wird's net lang steh'n. Sakra, Kruzifix!«

Der Bauleiter tauchte auf. »Jungs«, sagte er. »Ihr müsst noch die Wohnung hinten räumen, das Auto ist da. Ich spendiere euch eine Flasche Obstler dafür.«

»Ich hab' jetzt angemischt«, sagte Lorenz. »Das Zeug wird hart!«

»Bei dir wird nix hart, Lolo«, sagte Klaus.

»Frag doch deine Frau, ob's stimmt!« sagte Lorenz.

Nachdem der Boss und ich die Streithähne wieder getrennt hatten, schlurften wir den Gang entlang nach hinten, um die Wohnung auszumisten. In dem Staub dort hättest du Schlitten fahren können. Gott sei Dank hatten wir Sommer.

»Du, Schorschi«, sagte Klaus nach etwa einer Stunde Schufterei zu mir – ›Jaromir‹ war ihm zu blöd. »Hol jetzt die Flasch'n Obstler aus dem Laden. Mir müssen spülen.«

»Bist du deppert, Bub?« sagte Klaus, als ich zurückkam. »Gleich a Literflasch'n?«

»Die Verkäuferin scheint dich zu kennen«, sagte ich.

»Na, wenn's sein muß«, sagte Klaus und lachte, als habe er im Lotto gewonnen.

Die beiden Arbeitskollegen tranken Brüderschaft. »Auf Honecker!« sagte Klaus und klopfte Lorenz auf die Schulter.

Um drei Uhr nachmittags hatte jeder von uns schon eine hübsche kleine Alkoholvergiftung. Zum Glück war die Wohnung inzwischen leer. Nur in einem der hinteren Zimmer lehnte noch ein verstaubtes großes Bild an der Wand, in einem vergoldeten Rahmen.

»Da schau an!« sagte Klaus, »vielleicht ist's a Nackerte, wie die Schnaxler im Englischen Garten. Dreh das Ding mal um!«

Zum Vorschein kamen die schwachen Konturen eines Mannes in blauer Uniform; die Epauletten waren noch etwas zu sehen, das Gesicht war mit einer Schmutzschicht bedeckt.

»Ja, mich trifft der Schlag!« brüllte Klaus. »Des is' doch der Kini!«

»Welcher Kini denn?« fragte Lorenz. »Meinst du den Ludwig II. von Bayern, die Neuschwansteinschwuchtel?«

»Schwucht'l? Du Depp! Und wer hat die Sissi gebürstelt!? Der Heilige Geist? Schorschi, hol noch a Flasch'n Obstler!«

»Zwetschgen?« fragte ich.

»Is' doch scheißegal«, sagte Klaus, »Hauptsach' was Klares, daß der Boss nicht denkt, mir ham in der Schicht g'soff'n.«

»He?«

»Na, lauf schon! Mir staub'n den Kini ab.«

Als ich zurückkam, war der letzte wahre bayerische König immer noch verdreckt.

»Dann sag mir«, sagte Klaus gerade zu Lorenz, »warum die Praiß'n in Nymphenburg das Hemd und den Mantel vom Ludwig verbrannt ham? Und warum dem Fischer Lidl sein Schulheft, wo die Wahrheit drin stand, von einer Kommission konfisziert wurde? Und hast du net davon g'hört, daß der Bismarck, der Schweinehund, wie der Ludwig g'storben is', in Starnberg g'sehen wurde? Is' doch logisch! Die Praiß'n ham den Kini abgemurkst, weil er so a pfundiger König war. Und weil er Bayern nicht an die Praiß'n ausliefern wollte. Er hat den arm'n Leut' g'holfen, und auf die da oben g'schissen hat er, so a super Kini war er. Und a Schöngeist! Weißt du, was a Schöngeist is', du Depp?«

»Ein Schöngeist mag nicht häßliche Fressen wie die deine«, sagte Lorenz. »Dein Kini hätte dich sofort in den Kerker sperren lassen, weil du so häßlich bist. Und gestorben ist er, weil ihn der Schlag getroffen hat, als er den Doktor Gudden pimpern wollte und der ins Wasser gesprungen ist, um sich zu retten ...«

»So a Schmarr'n!« Klaus nahm einen tiefen Schluck aus der frischen Flasche, schaute sich um und sagte leise: »Der Kini is' gar net g'storben, der Kini hat an Doppelgänger g'habt, von dem hat nur die Sissi g'wußt. Das Double is' für ihn in Starnberg g'storben, dieser blöde Doppelgänger. Der Ludwig is' mit a Flugmaschin' davon ... Und die hat man später g'funden, ganz kaputt, aber von einer Leich'n keine Spur ... Wißt's was, Buben? Wir packen jetzt das Bild und fahren's zu meiner Alten, die sammelt alles über den Ludwig, die wird sich freuen.«

»Sollen wir mit dem Krempel in die Straßenbahn?« fragte Lorenz.

»Ach, Schmarr'n! Straßenbahn, pfuideibl ... Wujst du den Kini in die Elektrische steck'n? Bist du ganz deppert? Der Kini muß mit dem Taxi fahr'n. Das san mir ihm schuldig. Ja, die Maja, die wird sich aber freu'n. So an großen Kini hat's noch nicht. Den hängen wir bei uns im Schlafzimmer auf.«

»Dort wird er sich aber verdammt langweilen!« sagte Lorenz.

Wir schleppten das Ding nach unten und riefen ein Taxi. Der Taxifahrer stammte aus Simbabwe.

»Ach du Scheiße!« sagte er, als er uns sah.

»Ja, der Kini!« sagte Klaus im Auto, »der Kini, der konnte zaubern und solcher'ne Sach'n ...«

»Jetzt kommt er mit dem Kanarienvogel«, stöhnte Lorenz.

»Und sein Hansi«, sagte Klaus, »sein Kanarienvogel, der hat's g'wußt. Der hat Ludwig seinen Tod angekündigt, der is' kurz vor seinem König g'storben, aber niemand hat was g'merkt, die bescheuert'n Leut' ...«

»Kannst du das *König Ludwig Lied* singen?« fragte er mich.

»Um Gottes willen«, erwiderte ich.

»Du kennst das Lied nicht?« fragte Klaus. »Hör zu:

Auf den Bergen wohnt die Freiheit,
auf den Bergen ist es schee,
wo des König Ludwigs Zweiten,
alle seine Schlösser stehen ...«

»Halt's Maul!« brüllte der Taxifahrer. »Das ist ja schlimmer als ein Kannibalenfest!«

»Reg di' net auf, Bimbo!« sagte Klaus. »Wenn die Geschichte auf dir so lasten würde wie auf mir, würdest du auch saufen!« Die letzten zwei Kilometer mußten wir zu Fuß gehen.

Maja, die Frau von Klaus, obwohl ein Fan von Ludwig II., hat sich zuerst um Klaus gekümmert. »Ist er wieder besoffen?« fragte sie.

»Ja, mai!« sagte Klaus. Wir schwankten mit dem Bild ins Haus. Im Wohnzimmer begrüßten uns kleine Ludwigs aus Porzellan, Holz, Wachs, Metall und Papier, König-Ludwig-Sarkophage, Medaillen, Moccatassen, Kupferbilder, Uhren,

Essuntersetzer mit Ludwig und Sissi – hygienisch und leicht abwaschbar –, ein Weißbierseidel mit der Aufschrift »Dem Bayernland starbst du zu früh, Dein treues Volk vergißt Dich nie!«, Hosenträger und Hüte, Poster und andere hübsche Sachen aus dem königlichen High-Tech-Land Bayern. Ludwig, der Popkönig! Schee! Und jetzt kommt sein bestes Stück dazu …

»Mutti!« lallte Klaus. »So an Ludwig hast du no' net!«

»Wo?« fragte Maja.

»Wo? Wo? Na hier!«

Maja verschwand, kurze Zeit später tauchte sie mit einem feuchten Lappen wieder auf und stürzte sich auf das Bild.

»Ja, leck mich am Arsch!« sagte Lorenz, »das ist ja gar kein Ludwig, das ist doch John Lennon! Siehste die Brille?«

»Was?« fragte Klaus. »Der John?«

»Ja, John Lennon, du blöder Hund, du besoffener!« kreischte Maja. »Die ganze Wohnung ist von ihm verdreckt!«

»Ja, mai!« sagte Klaus.

»Und jetzt raus!« brüllte sie, »und nimm deine feinen Freunde mit!«

Wir landeten wieder auf der Straße. »Du, Schorschi!« sagte Klaus, »hol uns an Obstler.«

»Ich gehe jetzt schlafen«, sagte ich.

»Nimmst du den John mit?«

»Auf keinen Fall!« sagte ich.

»Komm!« sagte Lorenz, »schmeißen wir ihn da drüben in die Mülltonne!«

Und so verwandelte sich innerhalb eines Tages der alte Popkönig in einen jungen, der schließlich in einer Mülltonne enden musste, weil er dem falschen Fanclub begegnet war. Ich ging heim und versuchte, den Obstler in meinem Blut mit Holundertee in den Griff zu bekommen.

Über die Gewalt an Männern

Schon im Cinema war Karin sauer. Ich hatte auf ihrem Sitz eine Lage mit Eiskonfekt abgelegt, bevor sie sich draufsetzte. Trotz ihrer schlechten Laune kam sie nach der *Rocky Horror Picture Show* mit zu mir. Vor meinem Haus erlebten wir freilich eine neue Überraschung.

»Mensch!« sagte ich und wühlte in meinen Taschen, »ich habe mich ausgesperrt.«

»Hast du den Schlüssel in der Wohnung gelassen?«

»Nee! Der Schlüsselbund liegt eigentlich im Wagen. Ich lege die Schlüssel immer dort rein, wenn ich weggehe, damit ich sie nicht verliere. Nur den Autoschlüssel nehme ich mit.«

»Na, dann hol sie doch aus dem Wagen.«

»Ich habe den Autoschlüssel verloren.«

»Du bist schon ein blöder Hund, oder?« sagte Karin.

»Macht nichts«, sagte ich. »Zum Glück habe ich die Tür nur zugeschlagen, und drinnen liegt der zweite Autoschlüssel. Wenn du mir deine Kreditkarte kurz ausleihst, ist die Tür im Nu offen ...«

»Ich brauche die Kreditkarte, morgen ist Sonntag, und ich muß wegfahren ...«

»Keine Sorge. Ich bin der Arsène Lupin von Neuperlach. Goldene tschechische Hände, weißt du. Paß auf! So!« Ich steckte die Karte in den Schlitz zwischen der Tür und dem Türrahmen und versuchte, mit einem feinmechanischen Griff die Falle etwas zurückzuschieben. Die Kreditkarte knackte wie eine Waffel.

»Entschuldigung«, sagte ich.

»Du Arschloch«, sagte Karin.

Auf dem Weg zu ihrer Wohnung wühlte ich noch mal in meiner Jeanstasche. »Ach du Scheiße!« sagte ich, »ich hab' gedacht ... da war doch nur etwas Kleingeld ...« Statt Kleingeld hielt ich in der Hand den verloren geglaubten Autoschlüssel. Karin ließ sich jetzt etwas Ausgefalleneres einfallen als ›Arschloch‹ – ›Arschloch‹ ist in unserer Zeit einfach zu positiv besetzt, Arschlöcher werden heutzutage sogar in die Regierung gewählt. »Du Wichser!« sagte sie. Aber auch das nahm ich ohne Widerrede auf mich, genießt doch Masturbation am Anfang des 21. Jahrhunderts eine breite gesellschaftliche Anerkennung, und ich wichse tatsächlich gern. Wenn sie mich zum Beispiel als Bon-Jovi-Hörer beschimpft hätte oder als Joghurtlecker, wäre ich schon verletzt gewesen.

Wieder vor meiner Wohnungstür angelangt, entdeckte ich Tränen in ihren Augen. Ich schämte mich, doch was konnte ich tun, wenn uns mein Karma so übel mitspielte? Kopf hoch, Mädchen! Bald wird alles wieder besser werden! Wortlos lief sie ins Badezimmer. Leider hatte sie ihre Handtasche nicht mitgenommen. Ich rannte in die Küche, um eine Flasche Rotwein zu holen – zur Versöhnung sozusagen –, bretterte zurück, und knirsch, knirsch ... etwas unter meinem Fuß gab nach. Warum läßt sie bloß ihre blöde Tasche auf dem Boden liegen? ... Ihre Brille, oder der Rest davon, ließ Karin endgültig ihre gute Erziehung vergessen. Statt ›Arschloch‹ oder ›Wichser‹ holte sie den ›gottverdammten Schweinehund‹ aus ihrem Repertoire und knallte mir eine direkt zwischen die Hörner.

»Bist du verrückt?« brüllte ich. »Du hast mich geschlagen!«

»Genau!« brüllte sie zurück und ging auf mich los. Verdammt! Wie sollte ich mit dieser Gewalt umgehen? Ich ließ mir einen zweiten Schlag verpassen, um ihre Aggressivität ein bißchen abzubauen, sprang in die Küche und sperrte mich dort ein.

»Mach auf!« brüllte sie.

»Hör auf damit!« brüllte ich zurück. »Wie kannst du mich überhaupt schlagen? Ich bin doch ein Mann! Was würdest du machen, wenn ich dich schlagen würde?«

»Du Schwein! Du würdest mich schlagen? Du darfst mich nicht schlagen, ich bin 'ne Frau, ich bin schwächer als du!«

»Heißt das, daß Frauen Männer schlagen dürfen, aber Männer die Frauen nicht?«

»Du hast es erfaßt, du Scheißkerl!«

»Dann will ich lieber allein bleiben.«

»Das paßt mir gut!« Die Wohnungstür knallte.

Gottverdammtes Leben! Soll ich mich jetzt umbringen? Aus Liebe? Ich schlitzte das Sparschwein auf, schlüpfte in die rote Jeans und zog los. Wo kann ich am schnellsten vergessen? Mit dieser wilden Tusse will ich nichts mehr zu tun haben. Bah! Sie hat mich geschlagen?! ... Bin ich ein Rentner, oder was? ...

Vor einer Bar unweit vom Sendlinger Tor stand ein Chinese. »Hast du Feuer?« Er trat an mich heran, sein Fuß knarrte und quietschte. Ich guckte nach unten. »Bin damit sehr schnell!« sagte der Türsteher und machte mit seiner Prothese einen Sidekick. »Man nennt mich den Jackie Chan von der Lindwurmstraße.«

»Wer kommt denn so in den Laden?« fragte ich.

»Schwule, Nutten und Fixer!« sagte der Typ.

Das paßte gut, ich ging hinein. Die Bar begrüßte mich mit Plüschsesseln an der Wand, einer Menge Barhockern und Schweinerock: *Whisky drinkin' woman!* Den Leuten schien die Musik zu gefallen. Wenn ich gewußt hätte, daß die Siebziger zurückkommen würden, hätte ich etwas mehr auf meine Figur geachtet.

»Ist der Platz hier frei?«

»Nur wenn du meine Frau nicht anmachst.«

»Du blöder Sack«, sagte ihm seine Frau. Sie drehte sich zu mir. »Halte ihn auf Distanz! Er spuckt beim Reden.«

Der Kerl lachte. »Ist sie nicht witzig?« sagte er. »Das ist die Gabi. Und ich bin der Klaus.« Ich witterte Unheil, setzte mich aber trotzdem. Anscheinend war ich nicht der einzige auf der Welt mit einem Beziehungsproblem. Beide waren mir sehr sympathisch, sich selbst nicht so.

Jedes Bier muß der Gabi literweise Gallenflüssigkeit ins Hirn gespült haben. Egal was Klaus sagte, sie hatte einen bitterbösen Spruch darauf zu erwidern. Manch einer davon würde einen Menschen mit Komplexen zum Selbstmörder machen. Oder zum Psychiater.

»Er hat eine Prostata groß wie ein Kartoffelsack«, merkte sie an, als Klaus wieder mal aufs Klo wollte. Klaus lächelte milde, er war die Geduld in Person.

Nach etwa sechs Halben – bei Gabi waren es wohl schon einige mehr – fing sie plötzlich an zu kreischen und wollte nicht mehr aufhören damit. Der Türsteher mit der Prothese schmiß uns raus.

»Kannst du dich nicht anständig benehmen?« sagte Klaus auf der Straße. »Jetzt müssen wir uns eine neue Kneipe suchen.«

»Du solltest dich anständig benehmen!« brüllte sie, »und nicht meine Tante ficken! Wenn es zumindest meine Cousine gewesen wäre.« Das Bier stieß ihr auf, sie drehte sich um, kotzte auf ein Schaufenster mit echten Brillanten dahinter, die wie Sterne blitzten, und brüllte wieder: »Du Hurenbock, du Hurenbock, du Hurenbock! ...

»Hör auf!« flennte Klaus, »hör auf damit! Verzeih mir endlich, verdammt noch mal!«

Aber sie brüllte und brüllte, und Klaus holte aus und knallte ihr eine Bruce-Lee-Ohrfeige. Sie flog auf den Gehsteig. »Du beschissener Tantenficker!« brüllte sie ununterbrochen weiter. »Du ...« Brüllend rappelte sie sich hoch, er holte noch mal aus. Jetzt hatte ich es endgültig satt. »Wie kannst du eine Frau schlagen?!« schrie ich und haute ihm eine runter. Der Gewalttäter ging zu Boden.

Gabi stand schon wieder fest auf den Beinen und brüllte, als wolle sie nie zu brüllen aufhören. Leider brüllte sie nicht mehr ihn an, sondern mich. »Du verfluchter Rowdy! Du hast meinen Mann geschlagen?! ...« Sie stürzte sich auf mich und versuchte, mir die Augen auszukratzen. Und ich habe nur zwei! ... Inzwischen kam auch Klaus wieder hoch und eilte ihr zu Hilfe. Sie vermöbelten mich, bis ich krankenhausreif war, dann hauten sie ab. Herrgott! Ist mein Leben nicht unglaublich interessant? Ich kroch in einen nahe gelegenen Hof.

Ah, Mülltonnen! ... Manchmal bist du sogar Mülltonnen dankbar für ihre Lehne. Über mir strahlten die echten Sterne, eine Sternschuppe fiel gerade ... Ehrlich! Eine Sternschuppe fiel, und ich durfte mir etwas Schönes wünschen dabei. Aus meiner Nase tropfte Blut, über mir schlug man ein Fenster auf, *Meet me in heaven* von Johnny Cash blies sanft über meine Wunden ...

An einer Tankstelle kaufte ich eine Tafel Schokolade groß wie ein Schachbrett und schnappte mir ein Taxi. Nach dem zweiten Klingeln machte Karin auf. Sie trug ein langes weißes Nacht-T-Shirt mit einer aufgedruckten Ente auf der Brust und lachte. »Nach einem wilden Tag«, sagte sie, »müßte eigentlich eine wilde Nacht kommen.« Ich war zu allem bereit.

Wie Tschechen ins Fernsehen kommen

Zu meinem Geburtstag rückte Karin mit leeren Händen an. War auch richtig so. Frauen denken zu praktisch, um etwas Brauchbares schenken zu können! Nur Heike hatte einmal an meinem Geburtstag auch an meine Sinne gedacht. Leider an die falschen. Ich bekam damals von ihr grüne Frotteesocken mit weißen Streifen. »Die passen gut zu deinem Geschmack«, sagte sie. Heike war Psychologin. Nachdem sie mich besser kennengelernt hatte, mußte sie sich freilich hin und wieder selbst psychotherapieren lassen.

»Mein Geschenk wird dir die Sprache verschlagen«, sagte Karin. »Ich mache dich berühmt!«

»Aber ich will nicht berühmt werden«, sagte ich. »Heutzutage ist jedes Arschloch berühmt – sogar die Bauern, die früher mal fern von uns Stadtmenschen ihre Scholle beackert haben. Jetzt wollen selbst die berühmt sein! Wo du auch in der Glotze hinzappst, protzt dort ein Bauer mit einer BSE-infizierten Kuh in seinem Stall … Haben die Bauern am Ende den Rinderwahn selbst ausgeheckt? …«

»Ach, verschon die armen Bauern mit diesem Blödsinn!« sagte Karin. »Ich meine richtig berühmt. So wie Helga aus unserem Dorf. Sie und ihr Mann sind im Fernsehen bei einem Ehestreit aufgetreten. Als Helga gefragt wurde, was sie an ihrem Mann am meisten ärgert, sagte sie, sein Eßverhalten: ›Sepp läßt am Abendtisch immer einen fahren und sagt dann, hörst du, Helga, wie die Vögelchen im Garten zwitschern? ... Seit zwanzig Jahren muß ich mir denselben Witz anhören!‹ jammerte Helga. Und Sepp hat über Helga verraten, daß sie jeden Morgen ein Gläschen Eigenurin trinkt – gegen die Falten – und dann von Sepp einen Guten-Morgen-Kuß will. Jetzt sind die beiden die Stars in unserem Dorf und leben zusammen wie zwei Turteltauben. Nicht einmal der Pfarrer wird bei uns so geschätzt wie Helga und Sepp. Und warum? Weil sie im Fernsehen waren. Berühmt zu sein ist doch der letzte Schrei, der Mega-Trend! Und berühmt zu sein ist schön! Hör zu: Ich habe einen Bekannten, und der hat eine Bekannte, die eine Bekannte hat, die eine neue Fernsehsendung moderieren wird: *Das bizarre Schlafzimmer!* Ich werde dort als Domina auftreten ...«

»Waas? Bist du 'ne echte Sado-Frau? ...«

»Nur, wenn ich dich ansehe ... Ach, Quatsch! Ich werde die Domina selbstverständlich nur spielen ...«

»Und was sagt deine Mutter dazu, wenn sie sich am Abend vor die Glotze hockt und dich dort in einer schwarzen Lederkluft und mit 'ner Peitsche in der Hand sieht?«

»Meine Mutter weiß das schon. Sie weinte und sagte: ›Endlich! Mein Mädchen kommt ins Fernsehen.‹ Papa freut sich auch drauf.«

Ich starrte sie an. Verdammt! ... Was mach' ich, wenn sie nach der Sendung als Domina verkleidet hier in meiner Bude auftaucht? ...

»Und du wirst mein Sklave sein!« sagte sie.

»Ach du Scheiße!« sagte ich. »Ein Sklave?«

»Ja!« sagte Karin. »Das wird für dich nicht so schwierig

sein. Du bist doch Tscheche ... Aber wenn du nicht berühmt werden willst, könntest du eine Ledermaske tragen ...«

»Eine Ledermaske?« sagte ich. »Nie im Leben. Dann werde ich lieber berühmt.«

»Gut!« sagte Karin.

Mein Gott! ... Sklave in der Glotze? ... Zur Sicherheit kaufte ich am nächsten Tag blaue Boxershorts mit gelben Elefanten drauf. »Ah! Parteigenosse!« sagte die Verkäuferin. »Ist der Guido nicht süß?«

Mich konnten aber Guido und die ganze FDP am Arsch lecken. Ich würde ja bald auch ein Masochist sein ...

Und dann kam endlich der Tag, der uns berühmt machen sollte. Nach diesem Abend, dachte ich, würde wohl keiner meiner Freunde ein Wort mehr mit mir sprechen ...

Die Kebab-Bude vor dem Sendegebäude roch nach Knoblauch, als sei Graf Dracula zum Verbraucherschutzminister ernannt worden. Vor uns in der Schlange stand Stefan Raab. Karin zitterte vor Bewunderung. »Einen Kebab«, sagte Raab dem muskelbepackten Jugoslawen, der sich als Türke verkleidet hatte. »Nicht scharf!« raunte Raab.

Mein Gott! Und vor solchen Luschen werde ich mich bald als Sklave produzieren!

Karin führte mich in einen Umkleideraum. Dort beglotzte uns eine Menge Fernsehleute. Manche kicherten. Karins Leder war furchterregend. Statt einer Peitsche steckte hinten in ihrem Gürtel eine Knute mit silbernen Kügelchen an Lederriemchen. Die Moderatorin Sabine trug ein kurzes Sommerkleid, das in frühen Fernsehzeiten den zuständigen Intendanten seinen Job gekostet hätte. Wo sind nur diese hübschen Zeiten geblieben?

»Der Sklave muß sich ausziehen«, sagte Sabine. »Wir wollen ihn ja zusammenschnüren.«

»Wie? ...«, fragte ich. »Ausziehen und zusammenschnüren? Das war nicht abgesprochen. Ich bin kälteempfindlich.«

»Zieh dich aus«, sagten Karin und Sabine gleichzeitig. »Deinen Slip darfst du ja anbehalten«, fügte Sabine hinzu. Ich zog mich aus. Die anwesenden Fernsehleute kugelten sich vor Lachen. Ob sie von meinen blauen Shorts mit den gelben Elefanten drauf so beeindruckt waren?

»Er hat ja gar kein Brusthaar!« sagte die Maskenbildnerin.

»Kein Brusthaar?« sagte Sabine. »Hmm ... die kahle Brust paßt irgendwie nicht zu deinem struppigen Gesicht ... du mußt deinen Dreitagebart abrasieren!«

»Ich habe mich seit zwei Wochen nicht rasiert«, sagte ich.

»Egal«, sagte Sabine. »Das Gestrüpp müssen weg. So siehst du beschissen aus. Entweder ganz kahl oder ganz struppig.«

»Könnte ich kurz telefonieren?« fragte ich.

»Du bleibst da«, sagte Karin.

»Könnt ihr mich nicht mit Brusthaar maskieren? ...«

Die Maskenbildnerin drückte mir Rasiercreme und ein Rasiermesser in die Hand. Ich bretterte ins angrenzende Badezimmer. Vielleicht ist dort ein Hinterausgang? ... Falsch gedacht! Nicht mal ein Fenster war dort! Nur ein großer Spiegel. Ich rasierte mich vorsichtig. Ein Rasiermesser ist ja nicht ganz ungefährlich. Super! Jetzt bin ich kahl wie Spartakus. He! Was ist das? Unter meinem linken Auge entdeckte ich einen Farbkleckser. Das sieht aber gar nicht hübsch aus! Am

Tag zuvor hatte ich ein selbstgebasteltes Regal grün gestrichen und mich etwas mit Farbe bekleckert. Ich versuchte, den Kleckser vorsichtig mit der Rasierklinge von der Haut abzukratzen. Auuh! Scheiße! Die Klinge fuhr in mein Fleisch, als sei es Butter. Unter dem Auge klaffte eine tiefe Wunde, die sich sofort mit Blut füllte. Als ich brüllend und blutüberströmt in der Maske auftauchte, verdrehte Karin nur die Augen. Sabine schluckte. »Spinnst du!« kreischte sie. »Wir drehen hier doch keinen Hardcore!« Die Maskenbildnerin rückte mit blutstillenden Mitteln an. Nach einigen Minuten war ich im Gesicht beklebt wie ein Postpaket.

»Wir müssen einen anderen Sklaven nehmen«, sagte Sabine. »Du!« Sie zeigte auf einen der Kameraleute, der vorher am meisten gelacht hatte. Jetzt lachte ich. Alle warfen sich auf den neuen Sklaven. Ich stand in einer Ecke des Raumes in meinen blaugelben Boxershorts, allein, blutverdreckt. Noch nie war jemand so glücklich, nicht berühmt geworden zu sein.

»Macht jetzt die Karin fertig«, sagte Sabine, und alle drehten sich zu Karin um. Sabine trat ganz nah an mich heran. Sie packte drei lange Härchen, die seit der Pubertät meine linke Brustwarze schmücken, und riß sie aus. Ich krümmte mich vor Schmerz. »Du kannst Biene zu mir sagen!« sagte Sabine und drückte mir einen Zettel in die Hand. »Ruf mich doch mal an.«

Unten im Eingangsbereich des Gebäudes gab es einen höllischen Andrang: Sadomasochisten, Nekrophile, im Intimbereich gepiercte, Frauen mit Silikonbusen, Zahnprothesen-Fetischisten, triebhafte Grabschänder, überzeugte Bettnässer,

Hinterbliebene mit akutem Ödipuskomplex, Witwen mit Orgasmusproblemen, Eltern, die von ihren Kindern geschlagen werden, vorzeitige Ejakulanten, Kleintierschänder und Werwolfgläubige, frigide Hausfrauenlyrikerinnen, Männer mit amputiertem Penis, Frauen mit ungewöhnlichem Stuhlgang, Sodomiten und Hühnerzüchter, Frauen, die ihre Pfarrer mit Telefonsex belästigen, Pfarrer, die im Beichtstuhl vor Lust einen fahren lassen müssen, Frauen mit Vollmondblutungen, Dauer-Onanisten, am Hochzeitstag verlassene Bräute, Jungfrauen aus Überzeugung, sexuell mißbrauchte Rentnerinnen, Rentner, die es noch mehr als achtmal in der Nacht schaffen, von Außerirdischen vergewaltigte Frauen sowie Männer, die es mit Außerirdischen getrieben haben. Alle irgendwie in und interessant. Nur ich, so eine Null! Verdammt! Nicht mal 'nen dämlichen Sklaven hab' ich hingekriegt!

Ich bretterte aus dem Fernsehgebäude. Die Kebab-Bude hatte noch auf. In einer Ecke beschmierten sich ein paar Grufties mit Ketchup. »Einen Kebab!« sagte ich zu dem Jugoslawen, der sich als Türke getarnt hatte. »Und sehr scharf!« Der getarnte Jugoslawe schob mir den Kebab über die Theke, beugte sich zu mir herüber und flüsterte: »Ich muß mir beim Verkehr immer 'ne scharfe Pepperonischote hinten reinschieben. Meinst du, ob das fernsehreif ist?«

»Klar!« sagte ich. »Für 'ne Schote im Arsch wirst du sicher den Bambi kriegen!«

Die Osterbotschaft oder der Krieg zwischen Männern und Frauen

Am Ostermontag vormittag zogen durch unser mährisches Städtchen Männer mit einem Ochsenziemer, der aus frischen ungeschälten Weidenruten geflochten war. Die Frauen des Ortes nahmen die unwirtlichsten Verstecke in Kauf. Unsere Nachbarin Milena verkroch sich jedes Jahr unter der tropfenden Spüle in ihrer Küche – dort hat der alte Drechsler Alfons sie auch jedes Jahr gefunden. Dabei hatte Milena Abitur.

Die Männer schnappten sich die kreischenden Frauen und peitschten ihre Beine mit den Weidenruten aus. Die Kraft des Baumes mußte in die Beine fließen, den Weibern würde sie Fruchtbarkeit bringen und den Mädchen Energie und Gesundheit. Manche Männer schlugen mit Wacholderzweigen oder mit einem großen Holzlöffel zu. Der Löffel wurde im sozialistischen Mähren mit einer roten Schleife geschmückt, weil der Kommunismus nahte. Einem alten Brauch folgend sollten die Frauen dann mit Wasser gereinigt werden – Frühjahrswasser schützte angeblich vor Krankheiten. Gewöhnlich wurden sie in die Badewanne geworfen – die Ungehorsamen mit einer heißen Dusche gezüchtigt – und ordentlich geschrubbt. Die ganz wild um sich Schlagenden und Kratzenden landeten im Fluß. Das Ritual endete mit ein paar Tropfen Parfüm. Laut Tradition sollten die Männer für die Tracht Prügel mit gefärbten, hartgekochten Eiern beschenkt werden – in grün, rot und gelb, den Farben des Lebens –, doch sie ließen sich lieber mit Wodka oder Rum bewirten, die sie zunehmend träge machten. Die meisten Männer schafften am Vormittag höchstens drei Häuser.

Seit dem Einzug des Sozialismus durften ab Mittag dann die Frauen die Ruten schwenken – wenigstens das hatte ihnen die Revolution gebracht. Ab zwölf Uhr sollten sich also die Männer vor den Frauen verstecken, doch die meisten Kerle waren gegen Mittag schon so besoffen, daß ihnen alles scheißegal war. Die Frauen verzichteten daher meistens auf diese Errungenschaft der Emanzipation. Wer verprügelt schon gerne eine nach Schnaps stinkende Leiche? So sind die Frauen in Mähren nie zu einer schlagenden Verbindung geworden ...

Ich lag auf meinem Sofa in Neuperlach und sinnierte darüber, was den Frauen in Deutschland alles entgeht. Sind sie den deutschen Männern nicht einmal ein paar Schläge wert? Warum gibt es in Deutschland nicht diese feine mährische Sitte? Mein Bekannter Jürgen zum Beispiel hält seiner Frau Gabi jeden Abend einen Vortrag über die Gleichberechtigung der Frau – sie habe ja keine Ahnung davon. Nach dem Monolog bügelt er demonstrativ ihr Nachthemd und geht dann in sein Zimmer schnarchen. Statt einer Therapie fliegt Gabi zweimal im Jahr mit einer Freundin und ohne Jürgen nach Mallorca, um dort in der Natur Gott näherzukommen und spirituelle Erfahrungen zu sammeln. Den Rest des Jahres leidet sie unter einem chronischen Müdigkeitssyndrom. Würde Jürgen statt seiner heißen Monologe und der Bügelei seiner Gabi jedes Jahr am Ostermontag mit ein paar kräftigen Schlägen die Beine versohlen und ihr so Energie spenden, würde sie das ganze Jahr laufen wie eine Ricke. Vielleicht würde sie dann die Freuden des Ehebetts wiederentdecken und müßte nicht mehr nach Mallorca fliegen! Und Jürgen würde nicht durch hemmungslose Masturbation langsam verblöden.

In der Nacht vor Ostermontag kletterte ich im nahen Umweltgarten über den Zaun und schnitt mir dort ein hübsches Stück von einem Wacholderbusch ab. So! Diese Rute muß mit einem Hieb die modernsten High-Tech-Strümpfe aus Bayern zerfetzen.

Gleich am Ostermontag in der Frühe stand ich mit der Rute und einem Flakon Rasierwasser für das anschließende Parfümieren vor Karins Wohnung. Sie machte auf. »Das ist so 'ne alte mährische Sitte«, sagte ich und peitschte ihr mit dem Wacholderzweig kräftig über die Beine.

»Elke!« brüllte sie in die Wohnung, »hilf mir!«

Im Flur tauchte Karins Freundin Elke auf, mit einem Schürhaken in der Hand. Erstaunlicherweise trug sie das Gerät nicht zum Spaß. Mein Versuch, in München mährische Sitten einzuführen, endete für mich mit einigen über den ganzen Körper verteilten Beulen und blauen Flecken. Nachdem sich die Weiber beruhigt hatten, klärte ich sie auf. Ich würde mich doch nie auf Karin stürzen, um sie mit Hilfe eines Wacholderzweiges zu vergewaltigen ...

»Eine mährische Sitte?« fragte Elke. »So was Frauenfeindliches? ...«

Spinnt die? Frauenfeindlich? »Am Nachmittag dürfen ja die Frauen schlagen«, warf ich schüchtern ein, sah jedoch, daß ich mich im Banne eines gewaltigen kulturellen Unterschieds befand. Ich ging nach Hause. Dort ist es an Ostern relativ sicher.

Freilich unterschätzte ich die Anpassungsfähigkeit deutscher Frauen und öffnete am Nachmittag arglos schon nach dem zweiten Läuten die Wohnungstür. Die Bestien hatten sich mit echten Bullenstöcken bewaffnet – der Westen ist nun mal der Westen, hier gibt sich keiner mit 'nem armseligen Wacholderzweig aus dem Umweltgarten ab. Als Karin und Elke wieder gingen, hatte ich mächtig was gegen die alten Mähren. Klar überlege ich seit diesem blutigen Tag ständig, ob der Westen das Richtige für einen Mitteleuropäer wie mich ist. Im Osten dürfen die Frauen die Männer nur am Nachmittag schlagen, im Westen am Vormittag und am Nachmittag. Das ist für einen emanzipierten Mann eindeutig einmal zu viel!

Wie erotisch ist Literatur?

»Heute gehen wir ins Literaturhaus«, sagte mir Karin am Telefon.

»Literaturhaus?« fragte ich. »Du liest doch nur psychologische Sachbücher.« Karin war der erklärte Feind des Romans. Nur Fakten interessierten sie. Jammerschade! Schon seit Wochen, seit ich sie kennengelernt hatte, träumte ich davon, ihr im Bett einen galanten Roman vorzulesen. Und wenn ich einmal in ihrem Bett war ... Mann! Wird diese nüchterne Psychologin langsam zugänglich für Literatur?

»Okounek wird im Literaturhaus eine Podiumsdiskussion moderieren«, sagte sie.

»Der Okounek aus dem *Literaturstadl*?« fragte ich.

»Ja, der.«

»Ach so ... Worüber wird denn diskutiert?«

»Über Erotik in der Literatur.«

»Erotik in der Literatur? Letztes Mal hast du mir doch gesagt, über Sex redet man nicht, Sex macht man ...«

»Natürlich. Mit dir hat es auch keinen Sinn, über Sex zu reden, du hast ja keine Ahnung davon. Ich muß mich von Experten belehren lassen.«

Okounek – ein Experte für literarische Erotik? Dieser Literaturkritiker hat doch den dämlichsten Roman der deutschen Nachkriegsgeschichte verbrochen, ungefähr so erotisch wie die Speisekarte bei vinzenzmurr. Wenn Karin sich diese

Diskussion antut, wird sie von Romanen nie mehr was hören wollen. Dann ist es aus mit der Bettlektüre. »Ich möchte lieber zu McDonald's«, sagte ich – aber mit McDonald's kannst du Karin noch weniger verführen als mit einem Roman. Wie jede ordentliche Psychologin hat sie Angst vor dem Rinderwahn.

Gott sei Dank gab es nur noch zehn Karten, als ich im Literaturhaus anrückte. Galant trat ich sie an einige zu spät kommende Damen um die Sechzig ab, und als Karin auftauchte, jammerte ich: »Mensch, ich habe mich so auf diese Diskussion gefreut, und jetzt ist sie ausverkauft.«

Klar findet sich auf dieser Welt immer jemand, der deine wunderbaren Strategien vermasselt. Der Idiot trug einen weißen Leinenanzug und eine zirkuskompatible Krawatte. Mit trauriger Miene schob er uns zwei Karten unter die Nase. Ich versuchte ihn mit einem strengen Blick zu verscheuchen, aber schon erhaschte ihn Karin, schon war es zu spät. Mit Tränen in den Augen nahm er von mir den Geldschein entgegen. »Meine Freundin ist nicht gekommen«, sagte er. Das hat dann doch meine Laune etwas gebessert …

Die Zusammensetzung des Publikums war so, als würde man an diesem Abend über die Rentenpläne der neuen Bundesregierung reden und nicht über literarische Erotik. Ach du Scheiße! Das Gelaber wird Karin den Rest geben. Mir auch. Wir ließen uns zwischen den wißbegierigen Alten nieder. Ich bereitete mich aufs Schlimmste vor.

»Da kommt er!« sagte Karin, und schon stampfte der Dicke festen Schrittes auf die Bühne. Anscheinend war ihm sein fester Schritt selbst unangenehm aufgefallen, da er sofort zwei Glas Rotwein hinunterstürzte und erst dann seine Äuglein auf das Publikum richtete.

Auch die anderen zwei Herren waren nicht mehr die Jüngsten. Der eine, Dietmar Kundi, ein Polyglott in Sachen Literatur, als den ihn Okounek vorstellte, sah aus wie ein Altachtundsechziger, der andere noch älter. Dieser grauhaarige Herr, Carlo Blümchen, sei das wandelnde Lexikon der literarischen Erotik schlechthin, meinte Okounek. Mir wäre Teresa Orlowski lieber gewesen. Wieder mal wird über Erotik geredet. Übers Ficken werde ich hier heute wohl nicht viel erfahren.

Zwischen die Herren hockten sich zwei Damen. Die Junge war Redakteurin der Zeitschrift für die junge Hausfrau *Friederike*. Die andere Frau verlegte erotische Literatur für Anspruchsvolle, und so sah sie auch aus. Für das anstehende Gespräch war von Nachteil, daß sie kaum sprechen konnte. Das tut nichts zur Sache bei einer Diskussionsveranstaltung, dachten sich sicher die Herren des Literaturhauses.

»*Madame Bovary* ist eins der herausragendsten Beispiele für die Erotik in der Literatur«, fing Okounek an. »Ich glaube, durch Literatur wird in einem die Sexualität geweckt. Siebenjährige Kinder empfinden keine Lust. Sie müssen erst lesen lernen, bevor sie Lust empfinden können. Mit zehn, nachdem sie durch Bücher an die Erotik herangeführt wurden, regt sich bei ihnen das Sexuelle ...«

»Das war bei mir anders«, sagte der Altachtundsechziger, »ich konnte schon mit sieben ...«

Die Rentner lachten, und das war gut so. Die Verlegerin mit der Stimme einer Kreissäge schnappte sich das Wort: »Meine

Autoren«, sagte sie, »behandeln die Sexszenen in ihren Büchern lustig, weil Sex eigentlich eine lustige Sache ist ...«

»Ich finde am Sex gar nichts lustig«, sagte Okounek.

»Ja, warten sie«, sagte die Kreissäge, »ich lese ihnen etwas ... leider habe ich hier nur Texte meiner eigenen Autoren ... ich will keine Werbung machen ... ja, ich lese ihnen eine gelungene Szene vor: *Ihre rosa Blume sehnte sich nach seiner sabbernden Biene. Wann setzt sie sich auf die feuchte Morgenblüte, wann wird sie mir ihren sahnigen Honig spenden? ... ›Ach, meine Goldlocke‹, lechzte der Zahnarzt Jürgen Poppel zwischen Angelas Beinen und öffnete ihre Liebesgrotte mit seiner kräftigen Zunge ...*«

»Stop!« rief Okounek, »so was Blödes und Leeres habe ich noch nie gehört.« Ich mußte ihm ausnahmsweise recht geben.

»Hat ihnen der Text gefallen, Herr Blümchen?« fragte Okounek den alten Experten, der kurz davor war einzuschnarchen.

»Mir? ... Na ja ... der sahnige Honig ... das ist doch symbolisch exorbitant laded, wie die Amerikaner sagen, geradezu expressiv in dieser Impression, ja ... in dieser diskursiven Form – der Penis als Biene ... haha ... da konditionierte und exemplifizierte der Autor seine Metapher geradezu an der Fauna-Skala ... wie Arno Schmidt ... wissen sie, die eschatologische Dichotomie der Szene ist durchaus dem objektiven Zufall unterworfen ... Aber nehmen sie nur *Anna Karenina*. Das war ein erotischer Roman par excellence! ...«

»Ausgezeichnet«, sagte Okounek, »Flaubert und Tolstoi ... jetzt haben wir schon zwei hocherotische moderne Autoren erwähnt. Die sind noch ohne das Plakative ausgekommen.

Mit Flauberts hintergründiger symbolischer Erotik kann kein moderner Autor konkurrieren. Vor allem nicht diejenigen Autoren, die denken, je öfter sie das F-Wort verwenden, um so besser verkauft sich das Werk. Diese RTL-Mentalität verdirbt die Literatur. Haben sie den letzten Roman von Updike gelesen? Einfach schrecklich ...«

»Was meint er mit dem F-Wort«, fragte ich Karin.

»Ficken«, sagte sie.

»Ach so!« sagte ich. »Und warum sagt er nicht einfach ficken?«

»Weil er gut erzogen ist«, erwiderte Karin.

Von hinten klopfte mir eine berühmte Literaturagentin, hinreichend bekannt aus der Fernsehwerbung, auf die Schulter. Sie verkauft Bücher wie Leberkäse – kiloweise. »Seien sie still!« sagte sie. »Wie können sie bei einer solch interessanten Diskussion stören?«

Ich beruhigte mich, und das Podiumsgespräch rollte unerbittlich weiter.

»Herr Kundi«, fragte Okounek, »was wäre ihr Beispiel für erotische Literatur?«

»*Tristan und Isolde*«, sagte Kundi, »ohne Frage. Thomas Pynchon dürfen wir selbstverständlich auch nicht vergessen. Nehmen sie nur *Die Enden der Parabel.* In der V2-Rakete haben wir doch schon die gesamte phallische Symbolik drin, da müssen wir nicht weiter suchen ...«

»Entschuldigung«, sagte Okounek, »ich muß kurz weg.« Einige Rentner lachten vergnügt, sie kannten das Problem. Okounek verschwand in einer Seitentür, und der Herr des Literaturhauses eilte ihm nach. Okounek stand nun mal schon sehr hoch in der Hierarchie des Literaturbetriebes. Hoffentlich werden sie sich beide danach die Hände waschen.

Als Okounek nach etwa einer halben Stunde auf die Bühne zurückkehrte, hatten die Herren die Diskussion voll im Griff. Zitate toter Autoren flogen über den Tisch wie Tennisbälle, die zwei Damen verfolgten sprachlos ihre Bahn, sie schauten nach links und rechts, links und rechts ... Der sensible Okounek spielte sofort einen der Bälle der Redakteurin von *Friederike* zu. »Welche guten Beispiele für Erotik in der Literatur würden sie denn anführen?«

Eine Minute lang herrschte am Tisch Stille, dann machte die Redakteurin ihre Tasche auf und holte einen Stapel *Friederike*-Hefte heraus. »An erotischer Literatur fällt mir momentan nichts ein«, sagte sie, »aber in unserer Zeitschrift schrecken wir vor Erotik auch nicht zurück. Da, in unserem letzte Heft ... Sex-Tips für Frauen ... Der fünfte Tip zum Beispiel: Bevor sie ihm einen blasen, lutschen sie an einem Pfefferminzbonbon ...«

»Genug!« brüllte Okounek, und die Rentner atmeten auf.

Nach der Diskussion schlenderten wir durchs Foyer, ein Antiquariat verkaufte dort erotische Literatur. Um Karin zu testen, kaufte ich die billige Könemann-Ausgabe von Marquis de Sades *Philosophie im Boudoir*.

»Du liest de Sade?« fragte sie. »Der hat doch nur Schweinereien gepredigt, sogar Mord aus Lust ...«

»De Sade hat dreißig Jahre lang hinter Gittern verbracht – wegen des geschriebenen Wortes«, sagte ich. »De Sade war so mordlustig, daß er während der französischen Revolution als einziger unter den Revolutionsrichtern kein einziges Todesurteil unterschrieben hat.«

Okounek trampelte an uns vorbei Richtung Hausbar. Die berühmte Literaturagentin jagte ihm mit einer Flasche Rotwein nach. »Bei einer solch anregenden Diskussion war ich noch nie«, schwärmte sie. Eine ältere Frau drängte sich zu Okounek vor und versuchte ihm einen Stapel maschinenbeschriebener Blätter zu reichen. »Das ist das Manuskript von meinem Sohn, Herr Okounek«, sagte sie. »Könnten sie sich das ansehen?«

»Ich nehme grundsätzlich keine Manuskripte entgegen«, sagte Okounek, schob die Mutter beiseite, packte die berühmte Literaturagentin unter dem Arm und verschwand mit ihr in der Bar. An der Tür hing ein Schild: »Nur für geladene Gäste!« Die Mutter schlurfte zum Ausgang.

»Kommst du mit zu mir?« fragte mich Karin. Ja, das fragte sie mich. Oh! Zum ersten Mal! Himmel! Hat sie Angst, nach diesem schrecklichen Erlebnis allein zu sein?

In Karins Wohnung zögerte ich nicht. Gleich hinter der Tür stürzte ich mich auf sie. Jetzt werde ich dir ein paar erotische Gedichte um die Ohren hauen, meine Liebe! Doch sie schob mich weg. »Weißt du, irgendwie hat mich die Diskussion eher literarisch gestimmt«, sagte sie. »Ich hätte Lust auf etwas Besinnliches. Könntest du mir aus deinem Marquis de Sade vorlesen? Komm, wir setzen uns hier aufs Bett.«

Das Bett knarrte nicht. Wir saßen am Kopfende nebeneinander, an die Wand gelehnt, ein Kissen hinter dem Rücken. »An euch Libertins, liebenswürdige Wollüstlinge und Liebeslüsterne jeden Alters und Geschlechts wende ich mich …«

Ich las, und Karin hörte mir zu, als sei ich ein Hexenmeister. Karins Nähe, das Bett und die Lektüre bescherten mir schon nach zwei Seiten einen Ständer, der sich auch durch die Mitternachtsglocken nicht verscheuchen ließ: »Bimm, bamm, bimm, bamm …« Keine Angst vor Gespenstern!

»›Sage mir doch, Geliebte‹, fragte die kleine Eugénie ihre Lehrerin in Sachen Liebe Madame de Saint-Ange, ›wie nennt man das, was wir da soeben getan haben?‹

›Es ist das auch eine Art des Onanierens oder der Selbstbefriedigung zweier Frauen untereinander … Lass uns die Plätze tauschen! So! … Nun schau mal her … hierher … zwischen meine Schenkel! Betrachte sie dir mal etwas genauer, meine sogenannte Votze … oder meine Punz, denn diese sind die Bezeichnungen des Venustempels. Stecke mal deinen Finger hinein! Ich will sie dir ein klein wenig weiter öffnen, diese Venus- oder Liebesgrotte, damit du sie ganz genau befühlen kannst …‹«

»Bimm, bamm, bimm, bamm …« Karin rutschte an der Wand herunter, hob ihren Hintern hoch und schlüpfte aus der Jeans.

»Jetzt bin ich neugierig«, sagte sie, »ob das Leben lustiger ist als Literatur.«

Ich legte das Buch ab und machte alles, was sie von mir wollte. Da kannst du nichts falsch machen.

Untersuchungen an Emigranten

Konrad war ein wandelndes Klischee: Priester und schwul. Sein Interesse an der Beichte von Knaben hatte ihn leider sein Kirchenamt gekostet. Seitdem bezog der Exilslowake eine geheimnisvolle Rente. Mit Hilfe dieses Geldes fütterte er in seiner Schwabinger Wohnung Flüchtlinge aus der sozialistischen Tschechoslowakei durch. Gutmütig, wie er war, duldete er bei sich sogar Frauen. Selbstverständlich nur als lästige Beigabe zu dem Mann, dessen Penis zur Zeit in Konrads Träumen die Größe einer Mariensäule annahm. Die Frau schickte Konrad in die Küche, um Kartoffeln zu schälen, ihrem Gatten las er im Wohnzimmer aus der Hand. Ein Missionar mit Leib und Seele! Die Kirche hatte ihn verstoßen, doch er bekehrte uns weiter:

»Alle Männer sind homosexuell«, pflegte er zu sagen. »Das solltet ihr endlich begreifen! Heterosexuelle Männer gibt es nicht! Gegen Gott und die Natur kannst du nichts ausrichten. Wir sind alle schwul!«

»Auch Helmut Kohl?« fragte ich.

»Na klar«, sagte Konrad. »Heterosexuell sind nur Frauen. Frauen werden durch niedrigere Triebe beherrscht als Männer. Hast du nicht die Bibel gelesen?«

Er drehte sich zu Milan, der neben ihm auf dem Sofa saß: »Schau dir nur an, wovon sich deine Frau treiben läßt – jetzt schält sie wieder Kartoffeln.«

Früher einmal, noch in Tschechien, hatte ein Priesterfreund versucht, mich zu überzeugen, ich sei gläubig. Das war selbstverständlich Blödsinn. Konrads Hypothese, ich sei schwul, konnte ich dagegen nicht so leicht abschmettern – diese Hypothese schien mir viel stichhaltiger zu sein. Daß ich nicht glaube, das glaube ich, daß ich nicht schwul bin, das hoffe ich nur. Widersprechen durftest du Konrad aber sowieso nicht, er war noch aus dem alten katholischen Holz geschnitzt: An den zehn Geboten konntest du herumdoktern, wie du wolltest, an der Unfehlbarkeit des Papstes und seiner eigenen nicht. Wo kämen wir sonst hin? Bei Widerspruch wurde dir das Gulasch entzogen.

Die Hypothese von meiner unterdrückten Homosexualität konnte ich leider nicht im popperschen Sinne falsifizieren – ich war nicht Konrads Typ. Ich spielte die lästige Beigabe zu Jindra, meinem besten Freund, den Konrad dank seines phallozentrischen Weltbildes als meinen Liebhaber ansah. Um Konrad nicht zu reizen, hielten wir uns in seiner Gegenwart hin und wieder an den Händen. »Bist du nicht Jude?« hatte mich Konrad gefragt, als er mich zum ersten Mal sah. »Irgendwie erinnerst du mich an Lech Walesa ...«

Walesa? Ich hege zwar keine großen Illusionen, was mein Aussehen betrifft, aber Walesa ... das hat mich dann doch verletzt. Egal! Gab es bei Konrad nicht die beste böhmische Küche in Deutschland? Lebte ich in diesem Hort der Emigranten nicht wie im Paradies? Nach einem trostlosen Jahr im Asylantenlager! ... In der Fremde hat dir Konrad deine eigene Mutter ersetzt. Du konntest dich bei ihm vollstopfen, du konntest dich von ihm streicheln lassen. An katholischen Feiertagen steckte er dir sogar einen Schein zu – die Höhe des Betrags entsprach dem Ausmaß an Liebe, das Konrad für dich hegte. Am Buß- und Bettag gab er mir einen Fünfziger und schickte mich ins Kino. Jindra blieb bei ihm, Konrad wollte ihm als alter Theologe Latein beibringen, dafür brauchten sie Ruhe. Mir schien eine Disco geeigneter zu sein als ein Kino, um 50 Mark zu verprassen. Im Babalu ließ ich die Sau raus. Da guckten die Deutschen, wie der reiche Ausländer die Puppen tanzen ließ!

War also Konrad kein guter Mensch? Für einen ganzen Monat hat er mich bei sich aufgenommen, als ich aus Fürth kam und in München etwas zur Untermiete suchte. »Jetzt hast du mir auch noch diesen unsympathischen Kerl aufgehalst«, hatte er damals Jindra zugeflüstert und ihm einen sanften Arschklapps gegeben.

Konrad war unwiderstehlich! Ein Freund nach dem anderen gab seinen heterosexuellen Glauben auf und trat Konrads Kirche bei. Unglaublich! Sogar Karl, dieser Macho, der sich nicht scheuen würde, in einem Damenkränzchen ein böhmisches Volkslied vorzufurzen, war nach der ersten Nacht in Konrads Wohnung wie verwandelt: »Reiche mir ein Ei, du Damhirschlein«, sagte Konrad zu ihm am Frühstückstisch, und Karl errötete wie ein Mädchen.

Uns ging es bei Konrad wirklich gut. Zu gut! Das Unvermeidliche ließ nicht lange auf sich warten: Gott schickte den Bademeister Adam aus Prag in Konrads Wohnung. Adam und seine Frau Eva tauchten irgendwann im Sommer auf. Ein ungewöhnlich hübsches Paar! Vielleicht hatte Adam etwas schönere Beine als Eva, wie Konrad unermüdlich behauptete, trotzdem war Eva so schön, daß Adam Konrads Verführungskünsten einfach widerstehen mußte. Nicht einmal Kartoffeln wollte sie schälen – so schön war sie. Wenn Konrad mit Kartoffeln anfing, schickte sie Adam in die Küche und feilte weiter an ihren Nägeln.

Vor lauter Frust schrieb sich Konrad bei einer Heilpraktikerschule ein. »Ich werde euch alle heilen!« drohte er uns, doch sein Versuchskaninchen war schon ausgemacht: »Du«, sagte er mir einmal, »du bist arg mißgebildet, an dir kann ich meinen neuen Orthophalographen testen.« Er machte einen großen schwarzen Koffer auf. Lauter Drähte und Schläuche schlängelten sich dort, Lämpchen und Dioden blitzten und blinkten.

»Das ist ein Universaltester!« sagte Konrad. »Das Gerät hat 4000 Mark gekostet! Es findet jede Krankheit!«

Ich mußte mich ausziehen und auf das Sofa legen. Konrad schmierte meinen Bauch und meine Brust mit Vaseline ein. Er lächelte zufrieden, seine Backen glänzten vor Fett, seine Stirn triefte vor Schweiß, das gesunde Rotweinrot seines Gesichts war so rot, daß es fast ungesund wirkte. Mit einer Malerrolle fuhr er über meinen Bauch. Der schwarze Zeiger des Geräts schoß in den roten Bereich.

»Waas?!« brüllte Konrad. »Mensch! Du hast eine große innere Verletzung! Bei dir muß ein lebenswichtiges Organ ganz kaputt sein. Hast du heute einen Unfall gehabt?«

»Nee!«

»Leute, schaut es euch an. Das gibt es nicht! Du müßtest eigentlich schon längst tot sein! ... Milan, hol das handgepreßte Olivenöl aus der Küche. Jaromir stirbt!«

»Um Gottes willen! Muß ich jetzt Olivenöl trinken?«

»Was? Mein teures Öl trinken? Spinnst du? Du bekommst die letzte Ölung!« Er beschmierte mich mit Salatöl, und wir warteten auf meinen Tod.

»Sollte ich nicht ins Krankenhaus fahren?« fragte ich nach einer Viertelstunde schüchtern.

»Zu spät!« sagte er.

Doch irgendwie mußte sich das Gerät geirrt haben, ich lebte weiter. »Dein Körper ist so hin«, sagte Konrad, »daß er es nicht einmal schafft, sauber zu sterben.« Er war mächtig sauer auf mich, er knetete mit seinen Fingern meine Brust durch, auf der Suche nach bösartigen Knoten. »Da ist was«, sagte er, doch wo es war, wollte er mir nicht sagen.

Am nächsten Tag hielt er mir ein Bierglas hin. »Gib mir eine Harnprobe!«

»Wieso?« fragte ich.

»Wieso, wieso? ... Vielleicht kann ich dich noch retten.«

Ich kam aus dem Badezimmer zurück, er steckte seinen Finger in die gelbe Flüssigkeit, leckte den Finger ab und sagte: »Du solltest nicht so viel Fleisch essen! ...«

Gleich danach hat er uns einen Vortrag über die heilenden Kräfte des menschlichen Harns gehalten, wir mußten ihm versprechen, prophylaktisch jeden Morgen ein Gläschen hinunterzuschlucken. Ich gab mich jedoch weiterhin mit Kaffee zufrieden. Kaffee ist zwar ungesund, aber immerhin pflanzlicher Natur ...

Im Sommer griffen mich drei Zecken an. Sie verbissen sich unweit von meinem Bauchnabel. Als ich sie entdeckte, bestanden sie nur noch aus meinem Blut. Sie schnurrten vor Wonne in meinem warmen Fleisch. »Kein Problem«, sagte Konrad. »Gleich lassen sie dich los. Gegen Zecken gibt es eine ausgezeichnete Methode.« Er zerquetschte drei große Knoblauchzehen und beschmierte damit die Zecken an meinem Bauch.

»So«, sagte Konrad. »Zecken sind Insektenvampire. Gegen Knoblauch können sie sich nicht wehren.« Wir warteten eine halbe Stunde, doch die Zecken saugten weiter und furzten behaglich, was wir an den kleinen Luftbläschen in der Knoblauchschicht sehen konnten. Knoblauch störte die Insektenvampire nicht die Bohne.

»Du mußt den Knoblauch auch innerlich anwenden«, sagte Konrad.

»Wirklich?« Ich fraß den Rest der Knolle. Doch nicht einmal in der Nacht hauten die Zecken ab. Am nächsten Morgen war die Stelle am Bauch arg entzündet, die Zecken feierten immer noch eine Party. Konrad rückte mit einer Pinzette an. Erstaunlicherweise ist es ihm gelungen, bei allen drei Zecken nur den Hintern abzureißen. Die Zeckenreste mußte mir eine männerfeindlich aussehende Ärztin im Schwabinger Krankenhaus entfernen. Die Tante wollte mich nur durch eine Plastikplane hindurch behandeln, die an der Stelle, wo die Zecken steckten, mit einem kleinen Loch versehen war. Ich roch nach Knoblauch wie ein Vampirjäger. Die Ärztin verwendete eine andere Metapher.

»Die Umwelt ist vergiftet«, predigte Konrad einmal. »Ich habe ein phantastisches Buch gelesen. Außer Harn sollte man nur destilliertes Wasser trinken.« Schon eine halbe Stunde nach der genialen Idee marschierten zwei Emigranten mit einem 20-Liter-Kanister destillierten Wassers in die Wohnung.

Gott sei Dank wurde es Konrad dann mit dem destillierten Wasser doch zu bunt. Er selbst soff zwei Liter Rotwein am Tag. Nachdem er jetzt ein Gläschen destilliertes Wasser hinuntergewürgt hatte, sagte er: »Man sollte nicht jedem Buch Glauben schenken.«

Er schimpfte ständig auf die orthodoxe Medizin und pries die Homöopathie: »Gleiches muß mit Gleichem bekämpft werden«, war sein Standardspruch. Einen Slowaken mit Schuppenflechte zwang er, schimmliges Brot zu essen. »Penicillin wird auch aus Schimmelpilz hergestellt«, sagte er ihm. »Der Bioschimmelpilz ist sicher gesünder als das synthetische Zeug.«

Konrads Heilmethoden wurden mit der Zeit immer ausgefallener. Über jede klitzekleine Krankheit oder Verletzung bei uns freute er sich wie ein Kind. »Krankheit als Chance«, gurrte er wohlwollend. Ich habe die Bachblütentherapie und die Hypnose über mich ergehen lassen sowie die Phytotherapie mit diversen giftigen und krebserregenden Pflanzen – manche Extrakte kamen aus China und rochen so giftig, daß uns Konrad vor Freude einen seinen phallischen Bauchtänze vorführte. Er heilte mich mit Edelmetallen, Edelsteinen und mit seinem edlen Geist: Einmal am Tag konzentrierte er seine heilenden Gedanken auf mein krankes Gehirn, anschließend nahm er sich mein Arschloch vor und verpaßte mir ein Ochsenklistier. Klar war das Heilen per Handauflegen Konrads Spezialität. Bei seinen Lieblingen führte er gute Gründe an, warum er die Hand auf den Penis des Patienten legen mußte. Wir murrten nicht. Auch als er uns in Fango packte und uns mit freilandgezüchteten Blutegeln vollkleisterte, widersprachen wir nicht. Wie konnten wir auch widersprechen? Stand nicht unser Emigrantenparadies auf dem Spiel? Das böhmische Buffet? Die Knödel? Wo du doch in Deutschland nur Nudeln, Nudeln, Nudeln auf den Tisch kriegst ... sogar in Bayern! Bei Konrad gab es Knödel, außerdem Wild in Sahnesoße, Kalbfleisch auf Steinpilzen, knusprigen Schweinebraten, Kartoffelpuffer mit Knoblauch und Majoran ... Und die anderen Exilanten solltest du auch nicht vergessen! Deine Freunde, deine Heimat! Was würdest du ohne sie tun jenseits des Eisernen Vorhangs?

Doch alles hat seine Grenzen. Eines Tages befahl mir Konrad, meinen Oberkörper zu entblößen. »Leg dich auf das Sofa«, sagte er und holte aus dem Schrank einen Satz Akupunkturnadeln, die wie Stricknadeln aussahen. »Zuerst stechen wir dir die Nadeln rund um die Augen herum ein. Den Rest bekommst du in den Penis ...«

»In den Penis? ...«

Als ich Konrads zittrige Hände sah – es war ja Vormittag, und er hatte erst zwei Glas Rotwein intus –, sprang ich vom Sofa, packte meine Sachen und haute ab. Ja, ich haute ab wie ein richtiger Held. Bist du etwa kein Held, wenn du den Mut hast abzuhauen? Konrad erzählt seitdem meinen Emigranten-Freunden, ich sei unheilbar krank. »Krebs ist ansteckend«, fügt er hinter vorgehaltener Hand hinzu. Manche meiner Bekannten reden nicht mehr mit mir. Vor allem aber gehen mir die wunderbaren böhmischen Knödeln ab. Na ja – was soll's! Auf Augen kannst du vielleicht verzichten, das sehe ich ein, auf Freunde genauso, und auch Heimat ist nur ein fader Begriff.

Doch wenn Konrad meinem Penis einen irreparablen Schaden zugefügt hätte? Was würde ich dann machen? … Dann wäre das Leben doch auch kein Honiglecken mehr, oder?

Altslawische Rituale im mährischen Gebirge

Den Sommer habe ich immer beim Großvater in den Beskiden verbringen müssen. Aus unerfindlichen Gründen. Warum durfte ich in den Ferien nicht zur Schwester nach Prag? Mit fünfzehn schien mir die Landverbundenheit unserer Familie ein fataler Erb- und Dachschaden zu sein: Wald-und-Wiesen-Wahn! Die zwanghafte Sucht nach blöden Blumen und gräßlichen Gräsern … keiner aus der Sippe blieb verschont davon.

Bis auf mich! Tag und Nacht träumte ich, das Dorfkind, von der Großstadt, von ihrem Tiergarten, von den Kinos, den Eisdielen, von den Kneipen mit der gelben Limonade, die wie Sünde prickelt, von den vorlauten Stadtmädchen und ihren noch vorlauteren Miniröcken, von den Frauen in der Stadt, die dort angeblich ohne BH und mit einer Zigarette zwischen den grell geschminkten Lippen herumliefen … »Diese Stadtschlampen«, wie das alte Klatschmaul, die Halasová, zu meinem Großvater – er war Witwer – einmal sagte, »statt dich zu grüßen, zeigen sie dir lieber gleich ihre Titten, diese Flittchen.« Na und? Was soll an Titten schlecht sein? Sind die nicht auch aus Fleisch und Blut? …

Ich liebte also die Stadt! Als ob ich nicht zur Familie gehörte. War ich gar ein Stadtvogel? … Vielleicht ein Stadtkuckuck – gleich nach der Geburt ins fremde Nest gesetzt! Das bestätigte sogar meine Mutter: »Dich haben die Zigeuner gebracht«, brüllte sie manchmal, wenn die Mutterliebe mit ihr durchging.

Großvaters Haus stand am Fuß des Ondřejník. Gleich am ersten Ferientag schickte Opa mich hinaus, ich sollte den ganzen Berg hinaufwandern. Warum auch nicht? Vielleicht würde ich dabei die Zwillingstöchter von den Pavlas, die einige hundert Meter über meinem Großvater wohnten, erhaschen. Die schönen Schwestern. Sie müßten jetzt ein Jahr älter sein als ich – so wie letztes Jahr eigentlich auch. Und damals hatte mich Lucka so seltsam angelächelt …

Ich verbrannte im Keller meine kurze Hose, legte zwei Schmalzbrote in den Rucksack und brach auf in den heißen Sommer. Ach du Schreck! Sogleich schwitzte mir die Halasová entgegen, die giftige Hexe – den ganzen Sommer hindurch ist sie hinter meinen Geheimnissen her, um mit ihnen Witwer zu fangen.

»Wie groß du doch geworden bist!« sagte sie.

»Sie auch!« sagte ich, weil ich gerade in der Pubertät steckte und man von mir erwartete, daß ich frech bin. Wie gehabt! Trotz des Kompliments sprühte sie Gift, die alte Klapperschlange, und stöckelte dann weiter, den Weg hinunter.

Komisch! … Das grüne Haus unter der Hütte der alten Halasová stand doch im Sommer immer leer … Diesmal waren die Straßenfenster auf. Hmm … Ich lief um den großen Garten herum: Apfelbäume, Zwetschgenbäume, Fichten und Tannen … Ein Monteur sollte dort wohnen. »Ein Monteur und seine Monteuse«, pflegte mein Großvater zu sagen. Doch sie lebten angeblich nur im Winter in diesem Haus. Im Sommer zogen sie durch die Republik. Der Monteur baute Hangare, die Monteuse kochte. »Szegediner Gulasch!« sagte mein Großvater und schnalzte. Die Monteuse war Ungarin. Jetzt waren sie auf jeden Fall zu Hause, vielleicht nur der Monteur – oder gar die Monteuse? …

Geräusche? Stöhnen? Seufzer? Ich schlich um die Hecke herum. Was geht da vor? … Quietschen und Plätschern! An der Gartenpumpe machte sich eine Frau zu schaffen. Ihr langes schwarzes Haar hing zu Boden wie ein nasser Waschlappen. Ihr Kopf war ein Springbrunnen, von dem aus Wasser nach allen Seiten spritzte. Ihre Rechte pumpte, ihr Kopf trotzte dem Wasserstrahl. Das weiße Hemd klebte an ihrer Haut, als habe sie sich einen Nylonstrumpf übergezogen … ein Hemd bis zu den Knien. Ihre nackten Waden steckten in schwarzen Gummistiefeln, darüber die nackten Kniekehlen – ich stierte sie an, die Kniekehlen …

Die Hecke gab etwas nach – leise, leise … Die Frau stöhnte laut auf, das Wasser floß und spritzte, sie ächzte. Bah! Sie trank … nein, nein! … Sie soff, gierig schlabberte sie das kalte Wasser wie ein Hund. Direkt von der Pumpe! Meine Lippen brannten vor Durst. Sie richtete sich auf und rubbelte das schwarze Haar mit einem weißen Handtuch. Ich atmete nicht, ich horchte nicht, ich fühlte nicht, ich guckte nur. Sie warf das Handtuch über die Pumpe und zog das nasse Hemd aus. Mein Magen schrumpfte zu einem Klumpen, der Klumpen glühte und pulste wie ein Quasar, der Quasar kollabierte zu einem schwarzen Loch, das Ding knurrte wie ein Wolf, ich bekam Angst, es würde mich verschlingen … mein Bauchfleisch hatte er schon eingesogen, den Darm, die Leber, die Milz … nur meine Leisten stemmten sich gegen die Schwerkraft des Zentrums, sie spannten sich! »Bumm, bumm!« schlug es auf das Trommelfell, und alles wurde wach!

Die Frau wrang das Hemd aus und zog es wieder an. Ich schloß die Augen und preßte das Bild in meine Hirnwindungen, ich ritzte jeden Schatten, jeden Strich und jeden Punkt in die graue Masse in meinem Schädel, nur einige Sekunden lang ritzte ich, aber dann war es dort für alle Ewigkeit. Ich brauchte kein anderes Bild mehr im Leben, das war alles, ich konnte so bleiben, mit geschlossenen Augen konnte ich den Abdruck auf den Augenlidern betrachten, ich konnte sterben, ja, ich konnte sterben in den Bergen, ich hätte jetzt ruhig den Tod in Kauf genommen, wenn ich nur die Augen nicht hätte aufmachen müssen.

Doch nicht einmal eine einzige Sekunde kannst du in die Tasche stecken, nicht einmal die wichtigste Sekunde deines Lebens, du mußt sie gleich abgeben, als Mautgeld für die neue Sekunde, vielleicht dauert die neue Sekunde dann zwei Sekunden, vielleicht auch drei, doch du mußt sie abgeben.

Ich machte die Augen auf. Die Frau reckte sich, bah, verdammt, fast erwartete ich ein Brüllen, eine Begrüßung des faulen, heißen Tages. Doch sie brüllte nicht, sie gähnte herzhaft und sagte laut: »Kannst du Kaninchen schlachten?«

Ich atmete wieder in meinem Versteck, da war nichts mehr zu holen mit Nichtatmen, ich horchte wieder und fühlte, doch reden wollte ich nicht. Wozu auch reden? Sie wird das Reden schon selbst besorgen. Doch sie schimpfte nicht, lächelte nur. Ich drängte mich durch die Hecke zu ihr in den Garten. »Klar kann ich Kaninchen schlachten«, sagte ich. Theoretisch konnte ich es ja. In unserem Dorf hatte ich das unzählige Male beobachtet – bei Alois, dem Kaninchenschlächter, dem Kaninchenfellhändler. Wenn Alois ins Dorf kam, dann hörten alle Kaninchen auf, an ihren Möhren zu knabbern, sie vergruben sich in den hintersten Ecken der Kaninchenställe im Heu und guckten traurig. Was er kann, kann ich doch auch! Habe ich ihm nicht oft genug zugesehen bei seinen Hinrichtungen? Ich schaute mich um. Neben dem Kaninchenstall lag ein langes Eisenrohr.

Die Monteuse wählte ein Tier aus. Ich machte das drahtdurchflochtene Türchen des Stalls auf. Das Kaninchen schaute mich vertrauensvoll an. Ein weißes Kaninchen mit einem großen Punkt auf der Stirn, ein Kerlchen aus dem fernen Indien, das sich für ein Fest geschmückt hatte. Es sah mich an, als wolle es sich mit mir anfreunden. Nicht traurig guckte es, wie seine Brüder und Schwestern, wenn Alois ins Dorf kam, nicht ängstlich, wie wenn der Kaninchenschlachter nahte. Als ich es an den Ohren aus dem Käfig zog, wehrte es sich nicht einmal.

Ich packte es mit der Linken an den Hinterpfoten, so daß es mit dem Kopf nach unten hing, hielt den Atem an, schaute seinen Nacken an, schaute zu der Frau, schloß die Augen und schlug mit dem Eisenrohr zu. Das Kaninchen zappelte wild hin und her. Meine Galle kroch die Speiseröhre hinauf, ich schluckte, Tränen schossen mir in die Augen. Hey, Mann! Reiß dich zusammen vor der Monteuse! Buh! Auf der Stelle hätte ich alles andere gemacht: das von Onkel Albert vollgekotzte Klo geputzt, den Gully hinter unserem Haus geleert und mit der Scheiße unser Kartoffelfeld gedüngt, zerhackte Mäuse aus den Fallen geklaubt … ich hätte in dem Augenblick alles getan, nur nicht das, was ich tun mußte.

Das Kaninchen strampelte weiter durch die Luft, ich hielt es immer noch an den Hinterpfoten fest, die Monteuse stand mit weit aufgerissenen Augen da ... ich hob noch einmal das Rohr, und patsch! Dem Kaninchen tropfte Blut aus dem Maul. Die Monteuse schrie auf, ich schaute sie an. »Du kannst das wirklich«, sagte sie.

Ich legte das Kaninchen aufs Gras, holte aus meinem Rucksack mein Taschenmesser und ein Stück Schnur und hängte das Tier an einer Hinterpfote an die Teppichstange, die hinter der Pumpe stand. Die Monteuse kam mit, ließ mich nicht aus den Augen. Ich rammte dem Kaninchen mein Taschenmesser in die Kehle. Das Blut floß hinunter, malte eine rote Pfütze ins Gras, dann tropfte es wieder nur. Ich umkreiste mit dem Messer den Knochen an beiden Hinterpfoten gleich über den Tätzlein, schlitzte das Fell auf, ließ die Klinge über das Hinterteil von einer Pfote zur anderen fahren und zog das Fell ab. Es ging gut, ich mußte nur hin und wieder das Bindegewebe zwischen Fell und Fleisch durchschneiden. Erst am Kopf erwartete mich die knifflige Arbeit – kurze, saubere Schnitte, Ohren abschneiden, das Fell kräftig nach unten ziehen. »So!«

Ich klaubte mit der Messerspitze die Kaninchenaugen aus, schaute die Monteuse an, ihre Augen waren jetzt zu. Die Bauchdecke aufschlitzen, das Gedärm auswerfen, die Innereien, die Galle suchen und herausschneiden ... Die Monteuse trippelte ins Haus. Ich schnitt die Pfoten bis zu den Knochen an und brach sie ab. Fertig! Die Monteuse hielt mir eine weiße Emailschüssel hin. Das gehäutete und ausgenommene Kaninchen landete darin. »Komm«, sagte sie.

Die Küche war viel moderner eingerichtet als in den Häusern, die ich aus unserem Dorf kannte. Der Monteur muß gut verdient haben. Sie zeigte auf eine Tür. »Mach es dir dort bequem«, sagte sie, »jetzt werde ich arbeiten. Hier kannst du dir die Hände waschen.«

Oh! Ein Wohnzimmer ... nein, ein Salon! Ein Märchen! ... Erst jetzt, vierundzwanzig Jahre später – mit vierzig –, weiß ich, wie all die Musikinstrumente hießen, die dort an den Wänden hingen und in den Regalen lagen, auf den Tischen und Stühlen. Sogar der Boden war voll davon: Eine Panflöte sah ich dort, eine doppelte Schalmei, ein Krummhorn, einen Dudelsack, eine Laute, mehrere Gitarren und Mandolinen, eine Ziehharmonika, Mundharmonikas, Okarinen, Blockflöten, Klarinetten, diverse Blechblasinstrumente, Kastagnetten, Rumbakugeln, Tamburine, verschiedene Schlaginstrumente, Bongos, Timbales, Congas und und und ... An einer Wand stand ein Spinett, gleich daneben ein Klavier. Ich ging von Instrument zu Instrument, ich bewunderte Sachen, von denen ich gar nicht wußte, wie man sie spielte, ja, ich wußte bis dahin nicht einmal, daß sie existierten, ich ging im Zimmer umher, ich entdeckte ständig Neues, Unbekanntes, Schönes, Unheimliches. Ich ging umher, faßte an, streichelte, klopfte und drückte, und irgendwann mußte ich spielen, ja, ich mußte spielen, ich konnte diesem Drang nicht widerstehen. Ich war noch besudelt von dem Kaninchenblut, obwohl ich mir in der Küche die Hände gewaschen hatte, ich wußte, ich werde noch jahrelang besudelt bleiben, ich wußte auch, das war das erste und letzte Kaninchen meines Lebens, das ich geschlachtet habe, nicht einmal für die Monteuse werde ich so etwas noch einmal tun, für keine Frau mehr im Leben werde ich ein Kaninchen schlachten. Ich ging umher mit dreckigen Händen, jede einzelne Zelle meines Körpers fühlte sich dreckig an, alles in mir und an mir, und da waren die Instrumente, als ob eine Brise wehte, eine Brise vom Meer, aus fremden Ländern, etwas Ungeahntes, etwas Neues, Frisches, ich konnte mich reinigen, das wußte ich – durch Töne, durch Musik. Ich nahm eine Gitarre von der Wand, klimperte ein paar Akkorde und komponierte das erste Lied meines Lebens – *Requiem für ein Kaninchen*.

Ich weiß nicht, wie lange ich dort spielte, ich wechselte die Akkorde ab und brummte leise den Text, ich spielte das Lied immer von Neuem, damit ich es nie vergessen würde. Irgendwann tauchten andere Töne auf. Eine Mundharmonika ... Träumte ich? Die Monteuse begleitete mich. In einem neuen Hemd. Barfüßig und mit nackten Beinen. Sie hatte Tränen in den Augen, als sie aufstand und sagte, »komm, bringen wir das hinter uns!«

In der Küche roch es nach Knoblauch und nach mehr. Sie holte die Bratpfanne aus dem Ofen, das Kaninchen glänzte goldbraun. Wir aßen mit den Händen, Fleisch und Brot. Sie saß mir am Tisch gegenüber. »Wie lange spielst du schon Gitarre?« fragte sie.

»Erst seit Anfang des Jahres! Spielen sie auch Gitarre?«

»Ich spiele jedes Instrument, das du bei uns siehst. Wenn ich Zeit hätte, würde ich alle Instrumente der Welt spielen. Mir fehlen noch so viele ... Und die Zeit rinnt mir davon! Ich versuche jede Sekunde zurückzuhalten, aber sie sind flink, die Viecher, die Sekunden, wie Eidechsen sind sie flink. Sie rutschen mir zwischen den Fingern durch, und wenn ich es hin und wieder schaffe, fester zuzupacken, bleibt nur ihr Schwanz in meiner Hand hängen. Mir läuft die Zeit davon. Weißt du, wie alt ich bin?«

»Fünfundzwanzig?« fragte ich.

Sie lachte. »Vierzig«, sagte sie. Sie hielt den Kaninchenschenkel in beiden Händen, drehte ihn wie am Spieß, Fett glänzte an ihren Fingern, hin und wieder biß sie ein großes Stück ab und kaute langsam. Sie nahm nur das Fleisch von den großen Knochen, das andere überließ sie mir. Wir aßen fast eine Stunde. Von dem Kaninchen blieb nur wenig übrig. Nach dem Essen lehnte sie sich in ihren Stuhl zurück, legte ihre Hände mit den fettigen Fingern auf dem Tisch und sah mich lange an. Ich wandte meinen Blick nicht ab. Draußen kläffte ein Hund, dann ein zweiter. Sie beugte sich vor, über den Tisch, weit vor, so daß ich in ihrem Hemdausschnitt wieder ihre Brüste sehen konnte. »Und jetzt verspeise ich dich!« sagte sie.

Sie nahm mich an der Hand und führte mich ins Obergeschoß. An der Treppenwand hingen Kaninchenfotos, mindestens zehn Kaninchen hingen dort im Rahmen, auch mein Kaninchen war dabei, mein weißes Kaninchen aus Indien mit dem Mal auf der Stirn, die linke Ecke des Bildes wurde von einem schwarzen Streifen geschmückt. Ich trottete hinauf ins Obergeschoß, ihr hinterher.

❦

Im Winter darauf starb mein Großvater. Meine Großmutter war schon lange tot gewesen. Das Haus unter dem Ondřejník wurde verkauft. Die Monteuse habe ich nicht mehr gesehen.

Jetzt, vierundzwanzig Jahre später, stehe ich wieder dort hinter der Hecke. Vierundzwanzigmal hat es seit damals große Ferien gegeben. Die Hecke ist zu niedrig, um mich zu verstecken. Ich bin ein Koloß geworden mit den Jahren, ich werde mich nie mehr hinter Hecken verstecken können. Es ist heiß wie damals. Ich schwitze.

Endlich geht die Haustür auf. Die Vierundsechzigjährige kommt in den Garten hinaus und trippelt zu der Gartenpumpe. Sie pumpt aber nicht, sie lehnt sich nur an die Pumpe und sieht mich an, sie schaut über die Hecke und in meine Augen. Wir stehen da, die Zeit läuft uns davon, die Sekunden, eine nach der anderen, sie sind wie Eidechsen. Die Viecher rutschen uns zwischen den Fingern durch, und auch wenn wir fester zupacken, bleibt nicht einmal ihr Schwanz in unseren Händen hängen. Die Monteuse läßt die Pumpe los, stemmt die Hände in die Hüften, reckt das Kinn hoch und sagt: »Kannst du immer noch Kaninchen schlachten?«

Ich trete die Hecke beiseite. Wir gehen ins Haus.

Der ausgesprochen kurze Bildungsroman

Jaromil war der ordinärste Tscheche, den ich je gekannt habe, aber nur in seiner Muttersprache. Wenn er Deutsch sprach, kamen ihm nur feine, ja, subtile Ausdrücke über die Lippen. Sein Sprachkurslehrer war ein Thomas-Mann-Bewunderer, und dies machte auch Jaromil zu einem Stilisten. »Das Deutsche ist die Sprache der Dichter und Denker, du Fotze, du gehörnte«, brüllte er mich einmal in einem seiner tschechischsprachigen volksphilosophischen Vorträge an – wir gingen gerade über den Marienplatz, und mein Freund war laut wie eh und je. »Im Deutschen gibt's keinen Platz für die weiblichen Geschlechtsorgane, du Schwanz!«

»Die Tschechen haben auch ihre Denker«, sagte ich zu Jaromil: »den Schwejk, den Pan Tau, … und der Mauli ist auch nicht so blöd, wie er aussieht. Keiner von denen redet wie du!«

»Was?« Jaromil verfiel in einen etwa fünfminütigen Monolog, aus seinem Mund kullerten Vokabeln, von denen »Hure« die anständigste war, die in seinem Vortrag etwa dreißigmal vorkam.

»Ah, Landsleute«, sagte laut auf Tschechisch eine vorbeigehende ältere Dame, und ich wurde rot und klein wie ein Radieschen.

Einmal setzten wir uns im Biergarten zu zwei Frauen. Sie sprachen akzentfreies Deutsch, und so ließ sich Jaromil wieder mal gehen. Nach einer Weile stand die eine auf und ging Richtung Toilette. Jaromil guckte ihr verdutzt nach: »Da schau an, Mann!« sagte er laut auf Tschechisch, »die hat 'nen richtigen Stutenarsch, größer als ein Scheunentor!« Er drehte sich um und guckte die andere an. Sie trug ein weißes T-Shirt auf den Brüsten und beschäumte gerade ihre roten Lippen mit Bier. Ihre blauen Augen blitzten wie der bayerische Himmel vor dem Sturm. Zum Glück regnete es noch nicht. »Du, Mann!« sagte Jaromil. »Frag sie, ob sie auch so 'nen großen Arsch hat wie ihre Freundin.«

»Das kannst du mich ruhig selber fragen, du Rindvieh!« sagte ihm das Mädchen in unserer Muttersprache, und ich verbiß mich in die Breze.

Doch nicht einmal diese Episode hat aus Jaromil einen anständigen Tschechen gemacht. Er war unverbesserlich.

Einmal, am Nikolaustag, gingen wir zusammen in eine Schwabinger Sauna. Die Nikoläuse hatten sie leergefegt. Jaromil duschte noch, ich ging schon mal in die Schwitzkabine. Hmm ... doch nicht ganz leer hier: Auf einer Bank hockten eine Brünette und eine Blondine, beide auffallend bebust, beide um die zwanzig. »Servus!« sagte ich und haute mich auf die Bank.

Die Brünette musterte mich. »Der ist aber schon ganz schön fett, der Sack«, sagte sie auf Tschechisch, und die Blonde lachte dreckig wie ein besoffener Maurer. »Eva, du kannst ihn besser sehen. Ist sein Schwanz auch so gut gewachsen? ...«

Ich schlug mir das Tuch um die Lenden, stand auf und sagte laut auf Deutsch, »ah, jetzt habe ich tatsächlich zu pinkeln vergessen ...«

»Ein Komiker!« sagte die Brünette auf Tschechisch, und ich bretterte hinaus. Eigentlich ist es mir lieber, wenn die ehrliche Meinung der Frauen über die Größe meines Schwanzes für mich weiterhin ein Geheimnis bleibt. Doch vielleicht sollte diese bittere Wahrheit mein Freund Jaromil erfahren? …

Er schlüpfte gerade vor der Tür aus seinen Saunalatschen. »He, Mann – hast du schon ausgeschwitzt? …«

»Zu heiß«, sagte ich. »Ich muß es langsam angehen lassen.« Ich legte mich auf eine Pritsche im Ruheraum. Drei Minuten später tauchte Jaromil wieder auf, das Handtuch um seine Hüften geschlagen. Unglaublich … Kann auch Jaromil erröten? »Was ist denn los, Mann?«

»Ach, nichts. Du hattest recht, es ist dort wirklich zu heiß. Eigentlich habe ich gar keine Lust auf Sauna. Komm, gehen wir Bier trinken.«

Erstaunlich, wie fein Jaromils Tschechisch seit diesem Saunagang geworden ist – noch feiner als sein Deutsch. Kein einziges unanständiges Wort habe ich seitdem von ihm gehört – es geschehen Wunder! Womit haben ihm die zwei tschechischen Damen ein solch gutes Benehmen beigebracht? – Und was sagt eigentlich die Psychoanalyse zu traumatischen Erfahrungen in der Sauna? …

Die Revolution frißt ihre Kinder

»Ich will dir nicht zu nahe treten, Jaromir ...«, sagte mir Karin Ende der 80er.

»Das ist aber schade«, sagte ich.

»Weißt du ...«, sagte sie, »irgendwie siehst du aus wie Karl Marx im Stadium fortgeschrittener Zersetzung. Echt beschissen! ... Mensch, du bist nicht mehr in! Geh endlich zum Friseur! Heutzutage trägt keiner mehr langes Haar!«

»Bei uns in der sozialistischen Tschechoslowakei schon«, sagte ich. »Unsere langen Haare sind die Mähnen der Freiheit! Wir Langhaarigen sind die letzten Unangepaßten, die letzten Wilden ...«

»Ach, du bist etwa so unangepaßt wie der BH meiner Oma. Du lebst doch seit Jahren in Westdeutschland. Bei uns sind die Langhaarigen so lange durch die Institutionen marschiert, bis ihnen das Haar ausgefallen ist. Und die restlichen Alt-Hippies sind auf Rohkost und Yoga: Die wildeste Tat eines langhaarigen Alt-68ers ist, bei einer Siddha-Yoga-Meditation mit Gleichgesinnten laut einen fahren zu lassen ...«

»Das bringt das Gemüse mit sich«, sagte ich, »viel Gemüse gibt viel Wind. Wenn Vegetarier meditieren, geht es im Ashram zu wie bei 'ner Jam Session ...«

Tss... Was redet die Frau überhaupt? Kurzes Haar? Was würden meine Freunde in Ostrava dazu sagen, wenn ich meine Haarpracht dem kapitalistischen Trend-Dünkel opfern würde!?

Keinen von ihnen habe ich seit sieben Jahren sehen dürfen – uns trennt ja der Eiserne Vorhang. Doch auf ihren Fotos sehen sie immer noch aus wie ein Naturvolk, wie die letzten Gerechten – die Troglodyten aus Mähren, die Yetis aus dem Beskidengebirge, bärtig und haarig: Bamby, Pankatschek, Swischtj, Manja und Tausende andere ... Sie haben dem System nicht die Hand gereicht. Mit ihrem langen Haar zeigen sie dem Moloch weiterhin den Stinkefinger! Soll ich sie jetzt verraten? ...

Die Friseuse im Pep in Neuperlach trug ein blutrotes Hemd, einer der mittleren Knöpfe war offen, und zwischen Knopf und Knopfloch sah ich, daß sie kein Brusthaar hatte – die dunkelhaarige Frau wußte auf jeden Fall, womit sich der Kunde gerne die Langeweile vertreiben läßt. Ihre schwarze Hose war mit Perlen bestickt: lauter Herzchen, Sternchen, einige Phallussymbolkreationen und ähnliche Scherzartikel.

»Welches Sprache ist auf deinem Shit?« fragte die Frau.

»Auf meinem Shirt?« fragte ich.

»Jawohl!« sagte sie. »Shirt.«

»Das ist Tschechisch«, sagte ich, »es heißt: ›Ivan, geh nach Hause‹. Das ist eine Protestparole gegen die sowjetische Okkupation der Tschechoslowakei. Ich habe das T-Shirt seit Jahren nicht angehabt.«

Die Friseuse nahm ein Rasiermesser in die Hand und sagte: »Ich kommen nach Deutschland aus Sowjetunion.«

»Die Parole ist lieb gemeint«, sagte ich.

»Ich aber auch gegen Akkupatia von die Tschechoslowakei«, sagte sie und legte das Rasiermesser ab, »ich Pjerestrojka ...«

»So ganz lieb ist die Aufschrift ja gar nicht«, sagte ich.

»Machen wir das hier ganz kurz?« fragte sie.

»Was?« fragte ich.

»Das Haar von dein Kopf!« sagte sie.

»Ach, ja! Nur zu ...«, sagte ich, schloß die Augen und dachte mangels Friseur-Erfahrung an meinen letzten Zahnarztbesuch. Nach etwa zehn Minuten nahm die Russin einen kleinen Spiegel in die Hand und zeigte mir meinen Hinterkopf. Ich sah aus wie Reinhard Heydrich. So werde ich mich in Mähren nie mehr blicken lassen können.

»Kann ich bißle hier auch?« fragte sie und zupfte an meinen Augenbrauen. »Schön lang haarig.« Ich beobachtete im Spiegel, wie sie meine Augenbrauen stutzte.

»Und die Haaren in beidem Ohr? Diese Haaren sehen aus sehr Scheiße ...«

»In Ordnung!« sagte ich. »Mach mir auch den Schnurrbart weg.«

»Schnurrbart gut für Mann«, erwiderte sie.

»Weg damit«, sagte ich.

Sie drehte mich vom Spiegel weg zu sich hin und musterte mich lange. Ihr Blick wanderte nach unten.

»Brusthaar habe ich nicht«, sagte ich.

»Wie? ...«

»Ach, nichts! Nur so ein dummer Scherz.«

»Müssen noch Hals schneiden, damit ganz schön glatt«, sagte sie und nahm das Rasiermesser wieder in die Hand. Diesmal erschrak ich nicht, ich wußte ja schon, daß wir derselben Partei angehörten. Sie rasierte mir den Nacken.

»Auh!« rief sie plötzlich. Ich schaute in den Spiegel, sie hielt den linken Zeigefinger im Mund.

»Hast du dich geschnitten?«

Sie machte den Mund auf, und aus dem Mund floß Blut, und das Blut tropfte auf mein weißes T-Shirt mit der blöden Aufschrift ›Ivan, geh nach Hause‹.«

»Entschuldigung«, sagte sie. »Gleich zurück.«

Nach einigen Minuten kam sie wieder. Der Zeigefinger war verpflastert. »Kann deinen Shit waschen«, sagte sie.

»Nicht nötig«, sagte ich. »Das T-Shirt wandert in die Mülltonne. War sowieso schon an der Zeit.«

Zu Hause sah ich mich lange im Spiegel an: Blutverschmiertes T-Shirt, das Gesicht bartlos, die Augenbrauen nicht mehr buschig, sogar die Ohrmuscheln kahl, das Kopfhaar auf der Haarlängenskala gefährlich nahe am Skinheadmaß – eine Revolution hat stattgefunden! Wen wird sie zuerst unter die Guillotine schicken?

Klar war Gott wieder mal dabei, mich zu verarschen: Gleich einige Tage später erlaubten sich meine Landsleute, die Tschechen, die samtene Revolution anzuzetteln. Sie warteten nicht mal, bis mein Haar etwas nachgewachsen war. Ach, du undankbares Schicksal! Durch den Eisernen Vorhang pendelten plötzlich die Leute hin und her, jeder Tscheche wollte auf einmal die Welt sehen, als sei es zu Hause nicht schön genug. So auch meine Freunde. Gleich im Frühjahr 1990 kündigte sich der Besuch an: Bamby, Pankatschek, Swischtj und Manja wollten nach München kommen – die vier Langhaarigsten, die vier Orthodoxen aus dem mährischen Untergrund: Wenn dein Haar dir damals in Ostrava nicht bis zum Arsch hing, warst du für diese vier Hipster entweder Kommunist oder ein Spießer oder ein Arschloch oder alles zusammen, und basta.

Was mache ich nun, verdammt noch mal? Werden mir meine Freunde ins Gesicht spucken? Tage vor ihrem Besuch schlief und aß ich nicht. Oh Gott, die werden es in ganz Ostrava erzählen ... und diese kleinen Hippie-Mädchen ... alle meine Freunde und Freundinnen ... was werden die dazu sagen? Werde ich zum Gespött der Großstadt?

Der Tag kam, die Klingel läutete, scheiß drauf, ich machte auf. Vor mir standen glücklicherweise nur vier Zeugen Jehovas in schwarzen Anzügen und mit Igelfrisur. »Ich hab' jetzt keine Zeit«, sagte ich und wollte die Tür zuschlagen.

»Mensch, Jaromir«, sagte Bamby. »Läßt du uns nicht rein?«

»Jungs, ihr seid's? Spinnt ihr? Wo habt ihr eure Haare und Bärte?«

»Haare? ... Junge, Junge! Die Kommunisten haben schon die Schlüssel von der Burg abgegeben. Neue Zeiten sind angebrochen. Jetzt geht's drum, möglichst viel zu unternehmen, bevor das Leben vorbei ist. Reich werden muß man! Lange Haare tragen heutzutage nur Penner und Pubertierende. Schön, daß du auch mit der Zeit gehst«, sagte Schwischtj und tätschelte mich an meinem konformen Kopf.

Beim ersten Bier erklärten mir meine Freunde aus dem mährischen Underground, wie das jetzt weitergehen würde. Sie hätten schon in Tschechien ein Handelsunternehmen gegründet. Ich würde der Hauptvertreter der Gesellschaft in Westeuropa sein.

»Und womit werden wir handeln?« fragte ich, ganz eingeschüchtert.

»Na, womit, Mann! Zuerst mit Bananen! Ist doch logisch, Mann. Die Tschechen lechzen nach Vitaminen.«

Eine originelle Idee – das konnte ich nicht bestreiten. Gleich für den nächsten Tag hatten meine Freunde einen Termin mit einem deutschen Obst- und Gemüsegroßhändler ausgemacht. Ich sollte die Verhandlungen führen, weil ich als einziger des Deutschen mächtig war.

Früh am Morgen fuhren die frischgebackenen Unternehmer ins Zentrum. Sie mußten diverse Artikel beschaffen, die in der Tschechei immer noch Mangelware waren. Mittags sollten wir vom Marienplatz aus zusammen zu dem Geschäftstreffen gehen. Was blieb mir also anderes übrig, um meinem zukünftigen Reichtum zu entwischen? Ich rückte am vereinbarten Treffpunkt in zerrissenen Jeans an, auf deren Arsch eine amerikanische Flagge aufgenäht war. Weiterhin trug ich einen alten Armee-Mantel, der mir bis zu den Knöcheln ging, und darunter mein blutverschmiertes T-Shirt mit der Aufschrift ›Ivan, geh nach Hause‹, das ich zum Glück aus Nostalgie aufgehoben hatte. Aus einer Manteltasche heraus beglotzte eine Flasche Jägermeister die Welt. Vom Hals hingen mir einige billige Perlenketten und diverse Lederriemchen herab. Auch meine Handgelenke waren kiloweise mit billiger Bijouterie aus Gablonz behängt.

»Du, Mann«, sagte Bamby, »so kannst du mit uns doch nicht zu einem Geschäftstreffen gehen.«

»Peace«, sagte ich, und das war das Ende der Geschäftsbeziehung zu meinen Ex-Freunden aus dem mährischen Underground. Sie fuhren gleich am Nachmittag nach Stuttgart zu einem anderen Handelsvertreter für den Westen.

Am Abend ging ich mit Karin ins Cinema. Erstaunlicherweise hatte sie noch nie *Hair* von Milos Forman gesehen. War das zu fassen?

Nach der Vorstellung saßen wir im Frauenhofer und tranken Bier. »Eigentlich hast du früher mit deinem langen Haar ganz schnuckelig ausgeschaut«, sagte Karin, »jetzt siehst du aus wie Lech Walesa nach einem langen Knastaufenthalt.«

Kurz darauf ist in Deutschland die Glatze in Mode gekommen. Und die Russin im Pep gibt es auch nicht mehr.

Die Macht der Wiederholung

Noch mit zwölf konnte Pét'a kein eigenes Wort, er plapperte nur nach, was die anderen gesagt hatten. Wir Kinder spotteten über ihn, die Erwachsenen mieden ihn – wer will schon an die eigenen Worte erinnert werden, noch dazu mit Pét'as Aufnahmegerätgenauigkeit. Trotz seiner Magnetbandqualitäten galt Pét'a in unserer Straße als schwachsinnig. Nur vor dem Genossen Volný, unserem Ordnungshüter, dem Volkspolizisten, ließ sich Pét'a auf keine Wiederholungen mehr ein, vor Volný schwieg Pét'a beharrlich. Der sozialistische Polizist war Choleriker und Sadist, etwa achtzig Prozent der allgemein verwendeten Vokabeln reizten ihn bis zur Weißglut. Manch einer von uns hatte es mit der schwieligen Hand des leidenschaftlichen Bierkrugstemmers bereits zu tun bekommen. Er verhörte uns nach unseren harmlosen Streichen, zum Beispiel damals, als wir die Konditorei im Städtchen angezündet hatten. Manche Kinder schnappte er sich aber auch so, wenn sie allein herumliefen, und zog ihnen die Ohren lang und ohrfeigte sie, ohne daß sie etwas angestellt hätten, »rein vorsorglich«, wie er sagte. Wir fürchteten ihn und haßten ihn von ganzem Herzen.

Vor etwa einem Jahr brüllte Volný Pét'a an: »Wann gehst du wieder mal zum Friseur, du Rowdy?«

»Wann gehst du wieder mal zum Friseur, du Rowdy?« kreischte Pét'a zurück. Leider hatte der Bulle schon vor Jahren den Großteil seiner Haarpracht eingebüßt. Jeden Monat bestellte er in Moskau einige Tinkturen gegen den Haarausfall, die in der sowjetischen Weltraumforschung entwickelt worden waren. Kann man sich da wundern, daß er nach Pét'as Wiederholung etwas überempfindlich reagierte? Seitdem hat Pét'a vor ihm gekuscht.

Seine Eltern trieb Pét'a dagegen einmal pro Woche in scheidungsähnliche Ehekrisen. Als sein Vater in unserem Garten aushalf, lief Pét'a auf die Terasse seines Hauses und posaunte Mutters liebevolles Küchengemurmel ins Dorf hinaus: »Alois, du alte Drecksau, komm endlich zum Mittagessen!«

Gewöhnlich trottete Pét'a einige Meter hinter den anderen Kindern her. Nicht mal Kája wollte mit ihm spielen, obwohl auch Kája ein Underdog war – er schiß sich immer noch in die Hose und trug den naheliegenden Kosenamen »der Stinker«. Trotzdem stand er in der Rudelhierarchie weit über Pét'a – nichts kann so stinken wie dein Wort im Mund eines anderen, zur falschen Zeit und am falschen Ort.

Wenn du bei unserem beliebten Wettkampf gesagt hast, »ich habe am weitesten gepinkelt«, sagte Pét'a, »ich habe am weitesten gepinkelt«, und du hast vor Wut gleich einen Pickel bekommen. Pét'a war schlimmer als eine Blinddarmentzündung, er mußte nun mal bei jedem Gespräch das letzte Wort haben.

Einmal liefen wir unsere Straße hinauf zum Wald, an die sechs Kinder mit Pét'a im Schlepptau. Schon von weitem hörten wir das Gewitter heraufziehen: Im Garten der Nováks stand breitbeinig die alte Nováková, das größte Schandmaul des Dorfes, die Hexe, die bis auf zwei Giftzähne ganz zahnlos war. »Du Hurenfotz!« brüllte sie, »warum hast du unseren Zaun wieder mit Dreck beschmissen?«

»Das ist der Dreck von deinem Arsch, du blöde Sau!« kreischte die um einige Jahre jüngere Rentnerin Blažková von ihrem Hof herüber und fügte noch einige andere hübsche Ausdrücke hinzu. Olga und Jana hielten sich die Ohren zu. Wir Jungen blieben stehen, lauschten andächtig und erweiterten so innerhalb kürzester Zeit unseren Wortschatz um einige hundert lebenswichtige Vokabeln. Die zwei alten Damen nahmen es mit unserer Erziehung ernst: Die Fäkalpoetik hatte es ihnen anscheinend angetan, doch auch in dem reichen tschechischen Angebot an Geschlechtsteilbezeichnungen kannten sie sich aus, und ihren Brehm hatten sie auch gelesen: Etliche fette, faule, faulende, furzende und verfickte Tiere tauchten auf.

Zwei Tage später sagte sich bei uns die Öffentliche Sicherheit an, unsere Volkspolizei, personifiziert durch den Sadisten Volný und seinen Häuptling Gamsa. Die alten Weiber hatten sich gegenseitig wegen übler Beleidigung angezeigt, die Zeugen – das heißt wir Kinder – mußten vernommen werden. Zum Glück sollten unsere Eltern dem Verhör auch beiwohnen. Klar waren sie ganz heiß auf aktuelle Informationen über den Nachbarinnenstreit. Wir freuten uns über die Anwesenheit der Eltern, auch wenn sie keinen großen Schutz vor dem sozialistischen Bullen und eingeschworenen Genossen Volný darstellten. Wer möchte sich schon den alten Psychopathen allein antun …

Zu der großen Sitzung im Wohnzimmer unseres Hauses tauchten sieben kleine Zeugen und zumindest doppelt so viele Erwachsene auf sowie Gamsa und Volný, bei dem man von Erwachsensein eigentlich nicht sprechen konnte. Die unschuldigen Kinder vor sich in einer Reihe, spitzten die Erwachsenen die Ohren – sie wollten hören, was die alte Nováková der alten Blažková so gesagt hatte.

Uns Kindern war es etwas unangenehm, vor der Mutter, dem Vater und den Bullen mit den ganzen Fäkalien und Geschlechtsteilen um uns zu schmeißen, mit denen die zwei alten Weiber die Dorfluft verpestet hatten. Ich schnappte mir sofort die einzige anständige Beschimpfung, die wir mitgekriegt hatten. »Dich hätte dein Vater unter die Gurken spritzen sollen, du geiles Luder, du!« sagte ich, atmete erleichtert auf und schaute mich um. Jetzt ist die Reihe an euch, Freunde! Olga und Jana sahen aus, als hätten sie zum Frühstück Rinderhirn gehabt.

Tonda wurde von den Erwachsenen arg bedrängt, er war ja der Älteste von uns. Er stand da, rot im Gesicht, die Lippen zusammengepreßt. »Was hat die Blažková geantwortet?« fragte ihn etwa zum zehnten Mal seine Mutter, sie wollte schon immer aus Tonda den Primus der Klasse machen. Tonda zitterte wie ein Weizenhalm im Wind.

»Na?!« sagte seine Mutter, »soll ich nachhelfen?«

»Du alte Hure, du würdest auch mit ’ner Fledermaus ficken!« brüllte Tonda, und prompt verpaßte sie ihm eine Ohrfeige.

Von diesem Augenblick an traute sich keiner mehr von uns, etwas zu sagen, auch die Eltern hielten sich plötzlich zurück. Nur Volný wollte es wissen. Wir standen da und blickten zu Boden. In Volný kochte es schon gewaltig, bald würde er auf unsere Eltern keine Rücksicht mehr nehmen. Bald würde er den Streit für zu wichtig für den Bestand des Sozialismus halten! Ob uns sein Häuptling vor ihm retten würde? Jessesmaria! Der Genosse Bulle wird uns mit seinem Knüppel das Schweigen vermiesen.

Und dann legte Pét'a los: »Du verfressene Hyäne, du Fotze mit einer Dauerwelle, du Schlampe, du, du hast jedem Kumpel den Arsch hingehalten, als du in der Grube Brotzeiten ausgetragen hast! ...« Pét'a war nicht zu stoppen, er kreischte und kreischte. Olga und Jana waren gleich nach den ersten Geschossen aus dem Raum geflüchtet, unsere Mütter hielten sich die Ohren zu, die Väter riefen: »Stop, stop, genug! ...« Nur Volný nickte beifällig und schrieb und schrieb ... und Pét'as Kanonade donnerte und donnerte, alles ganz genau, alles wörtlich, wie wir es von ihm gewohnt waren: »Nur deine Tochter ist eine noch größere Hure als du!« schrie Pét'a, »die hat sogar mit Volný gefickt, wegen der Anzeige, damit er sie zurückzieht, als sie die Hühner aus der Genossenschaft geklaut hat, die Nutte! ... Bestimmt hat dich Volný auch gebürstet, nekrophil, wie er ist!« Hier hörte Volný auf zu schreiben.

»Das ist eine Verleumdung!« sagte er, ganz blaß im Gesicht.

Pét'a starrte vor sich hin, bewegungslos, nur sein Mundwerk ratterte unerbittlich weiter. »Du würdest mit beiden Händen nach Volný schnappen, du Mumie! Dich will nicht mal der Totengräber anfassen! ...«

»Das ist eine Verleumdung!« brüllte Volný noch einmal. »Ich bring' dich um, du kleine Ratte!« Er wollte sich auf Pét'a stürzen, doch der Häuptling Gamsa stellte sich seinem Bullen in den Weg. »Das ist nicht wahr!« brüllte Volný, »das ist nicht wahr!« ...

Zum Glück wußten alle Erwachsenen: Pét'a kann sich nichts ausdenken, er wiederholt einfach alles, was er gehört hat. Nur wir Kinder kannten die Wahrheit, wir waren ja schließlich die Zeugen, wir waren live dabeigewesen. Jawohl! Das Unglaubliche war geschehen: Im Augenblick der Not war Pét'a über sich selbst hinausgewachsen, im Augenblick der Not hatte Pét'a Phantasie gehabt, im Augenblick der Not hatte Pét'a sich eine Geschichte ausgedacht und damit Geschichte gemacht.

Die Untersuchung wurde eingestellt, die zwei alten Nachbarinnen wurden gezwungen, ihre Anzeige zurückzuziehen. Volný wurde an einen anderen Ort versetzt, im Dorf munkelte man, auch seine bevorstehende Beförderung sei zurückgezogen worden. Dafür machte Pét'a Karriere: Seit dem Tag des Verhörs galt er unter uns als das subversivste Kind weit und breit, als der Anarchist, der Kämpfer, aber auch als Helfer und Medizinmann – hatte er uns nicht von dem Sadisten Volný befreit? Er bekam seinen Platz gleich neben dem Rudelführer. Immer wenn es brenzlig wurde, ließen wir ihn einen Kommentar zur Lage abgeben. Er legte los, wir hörten, was wir selbst zuvor gesagt hatten, und beruhigten uns wieder. Wegen so einem Blödsinn würden wir uns doch nicht die Köpfe einschlagen!

An seinem sechzehnten Geburtstag wurde Pét'a von einem Lastwagen an die Wand gequetscht, er hat noch drei Tage im Koma gelegen. Ich werde ihn nie vergessen. Durch ihn habe ich gelernt, daß du dir jede Sache der Welt in aller Ruhe noch mal vor Augen und Ohren führen kannst, und dann noch einmal, bis sie ganz fest und gegenwärtig vor dir steht. Lebe wohl, Pét'a!

Bei der Post AG

Der Altbundeskanzler Kohl war nicht blöd. Im Rahmen seines Projektes *Blühende Landschaften* wollte er in Deutschland wieder den Kapitalismus einführen. Vor allem mußten die staatseigenen Unternehmen privatisiert werden. Das Gesetz des Marktes würde die maroden Betriebe schon flottmachen. Ist doch klar: Wenn du deine eigene Firma führst, läßt du die Sklaven anders hüpfen, als wenn dir der Laden nicht gehört. Warum gilt das aber nicht für die Post? Die Post AG hat mich enttäuscht. Selbstverständlich machte sie gleich nach der Privatisierung das Briefeschreiben um zehn Pfennig teurer – na ja ... eine Mark zehn statt eine Mark, das hätte ich noch geschluckt. Warum konntest du aber dann tagelang keine Zehn-Pfennig-Briefmarken mehr kaufen? Dachten sich die Postmänner, die Teuerung werde die manischen Briefeschreiber abschrecken?

Ich gebe zu, die Rationalisierung der Post verlief glatt. Leider auf meine Kosten. In unserem Postamt zum Beispiel hat man für die Kundenschlange, die dort infolge der Privatisierung entstanden war, einen durch gelbe Bänder umzäunten Zickzackkurs errichtet. Von der Eingangstür bis zu den Schaltern. An der Berechnung des Slaloms müssen mehrere qualifizierte Programmierer einige Wochen lang geknabbert haben. Dafür paßt jetzt ins Postamt eine hundert Meter lange Schlange. Du kommst hinein, und – flupp! – schon nach einer halben

Stunde spuckt dich die Schlange vor einem Schalter aus. Du mußt gar nicht lange nachdenken, welchen Postbeamten du dir heute zu Gemüte führen willst. Alles funktioniert streng nach dem Zufallsprinzip. Eine grandiose Lösung! Vor allem für die Rentner – die müssen doch schließlich den Rest ihrer grauen Zellen schonen.

Mir ist aber der Zufall zu zufällig. Ein bißchen Unzufälligkeit würde dem Zufall gar nicht so viel schaden, denke ich. Ich will doch irgendwann bei der Hübschen anlangen, die den dritten Schalter von links bedient! Doch das passiert nie: Immer lande ich bei diesem griesgrämigen Alten, der meine zehn Briefe zusammenzählt und mir dann die Briefe mit zehn Briefmarken zu eine Mark zehn über die Theke zurückschiebt.

»Früher hat der Postbeamte die Briefmarken selber auf die Umschläge geklebt«, mucke ich auf.

»Habe ich die Briefe geschrieben?« brüllt mich der Alte an.

Verdammt! Wenn ich nur irgendwann mein Päckchen der Schwarzhaarigen in die Hand legen könnte. Sie ist sicher nett. Warum sollte sie auch nicht nett sein? Ich höre doch ihre nette Stimme, wenn sie die anderen Kunden bedient. Gleich neben dem alten Choleriker steht sie. Auf ihrer kleinen Nase hockt ein Schmetterling. Zwischen ihrem Kinn und ihrer Unterlippe glitzert ein Sternchen. Letzte Woche trug sie ein kurzes Oberteil. Darunter schimmerte ein etwa fünf Zentimeter breiter Streifen ihrer Haut. Dann kam die Theke. Verdammt! Hat sie sich auch den Bauchnabel piercen lassen? Wenn nur diese blöde Theke nicht wäre! Wieder mal baut man Hindernisse, um die Wissenschaft zu behindern! Ich litt, ich streckte den Hals aus, ich stellte mich auf die Zehenspitzen – ich war dabei unauffällig wie ein Strolch –, den Bauchnabel erhaschte mein Blick nicht. Jessesmaria! Wäre ich nur um zwanzig Zentimeter größer gewesen …

Ein breiter Trachtenrücken versperrte mir auf einmal die Sicht. Eine Minute später drehte sich die dazugehörige Bayerin mit ihrem gewaltigen Brustprofil in meine Richtung. Die Sicht wurde dadurch nicht besser. Oh Gott! Wenn ich eine Knarre dabeihätte, würde ich einen Postraub vortäuschen, um an den Bauchnabel heranzukommen. Gepierct oder nicht gepierct? Das war die Frage! Ich versuchte, meinen Trieb zu bändigen, die verfluchte Neugier, diesen Zwang, den unüberwindbaren … unüberwindbar! – Hey! Lass dich doch durch den Trieb leiten, Mann! Nur einmal in deinem Leben! Sei nur ein verdammtes Mal in deinem Leben so, wie dich die Natur haben will. Ich sprang hoch in die Luft. Jesus Christus! Ein Goldring!

»Schau! Der Blödmann springt da einfach herum wie ein Känguruh …« Ich drehte mich nach hinten um. Zwei Opas sahen mich sehr unsympathisch an. Rentner haben wirklich keinen Sinn für Triebe.

Sogar die Schwarzhaarige schaute auf bei meinem Sprung, ja, sie sah kurz in meine Augen, und dann … dann lächelte sie … so war es, sie lächelte – sie ließ den nächsten Kunden warten, verließ die schützende Theke und schlängelte sich an unserer Schlange vorbei, an mir und an den verschwitzten Rentnern … Die Rentner beglotzten ihren Bauchring, als sei es der Rettungsring, der sie selbst retten würde vor der gnadenlosen Zeit – nur hüpften sie nicht mehr, die Rentner, das lange Leben zu zweit hatte sie vermutlich zu Boden gedrückt. Die Schwarzhaarige machte die Eingangstür auf – es war ja Sommer – und trug ihren Goldring wieder zurück hinter die Theke. Was für ein Bauchnabel! Oder habe ich das alles nur geträumt?

Wenn es also die Schwarzhaarige nicht gäbe, würde ich auf die Post ganz verzichten, ich würde meine Briefe nur per E-Mail verschicken oder gar nicht schreiben, wie es die Analphabeten tun – die sind von der Zivilisation noch nicht verdorben; sie wissen, Briefe schreibe man zuallererst an sich selbst. Und warum sollte ich Briefe schreiben, wenn mich die Post nicht mag?

Die Post mag mich nicht, und die Postbank haßt mich – davon bin ich überzeugt: Hin und wieder passiert es nämlich sogar mir, daß ich einen Scheck bekomme. Ich schicke ihn zur Postbank ... der Scheck wird gebucht, aber – Herr Gott! – warum nicht auf mein Konto? Das war doch mein Geld! Warum landet es dann in fremden Taschen? Wochenlang muß ich mich mit Postbankangestellten herumschlagen, um wieder an mein Geld zu kommen.

Und der Briefträger? Der behandelt mich wie ein Stück Dreck. Auf seinem gelben Fahrrad rückt er an, ich grüße den Kerl aus dem Fenster meiner Wohnung, er grüßt zurück, und wenn ich fünf Minuten später unten die Briefe hole, finde ich dort selbstverständlich nur eine Benachrichtigung über die nicht zugestellte Sendung: »Sie können die Sendung beim Postamt in der Christian-Schwarz-Schilling-Str. 13 abholen, heute jedoch nicht vor 17 Uhr.«

Wirklich! Ohne die nette Schwarzhaarige könnte mich die ganze Post AG am Arsch lecken. Nur die Frau macht den Slalom zu den Schaltern erträglicher. Sollte ich irgendwann bei ihr anlangen, lade ich sie zum Vietnamesen ein, das schwöre ich. Vielleicht weiht sie mich dann in die Geheimnisse des Piercings ein … hohoho!

Als der lang ersehnte Augenblick endlich kam, wollte ich, vertrottelt wie ich bin, tatsächlich zu dem Alten marschieren. Ein ruppiger Maurer hinter mir schob mich aber direkt zu ihr hin: »Dort ist dein Platz«, raunte er mir zu. Ich ging.

»Hallochen! Guten Morgen! Servus! Guten Tag! Halli, hallo!« Hmm … besonders zum Lachen war sie heute nicht aufgelegt. Ich hielt einige Versandtaschen mit Büchern in der Hand sowie einen Brief an eine wichtige Literaturkritikerin, für den ich sicher den Nobelpreis für Arschkriecherei bekommen würde. Die Tante mußte mich unbedingt zum Ingeborg-Bachmann-Preis nach Klagenfurt einladen. Schon alle meine Freunde waren da gewesen. Klar hatte ich den Brief nahezu kalligraphisch auf handgeschöpftem Papier geschrieben. Mit diesem feinen Stil wollte ich das viele Ficken in meinen Geschichten und die Kalauer wiedergutmachen. Der Umschlag sah bischöflich aus: An diesem Umschlag würde die Literaturpäpstin sofort erkennen, daß ich schon längst aus dem schriftstellerischen Underground herausgekrochen war. Kein einziger Fettfleck war drauf, kein Stück Eigelb vom Frühstück. Einen solch kunstvollen Umschlag hatte die Kritikerin noch nie gesehen. Die Gepiercte sicher auch nicht.

»Geben sie her!« sagte sie.

»Wollen sie mit mir zum Vietnamesen gehen?« sagte ich.

»Waas?« sagte sie.

»Ach, nichts, nur so Blödsinn!« sagte ich und reichte ihr die Briefe.

Hmm … wie könnte ich mit ihr anbandeln? Sie nahm keine Notiz von mir, sie schaute mich nicht einmal an. Verträumt, als ob es hier gar nicht um meine Post ginge, legte sie die Briefe auf die Theke und bereitete die Briefmarken vor.

»Die 3-DM-Briefmarken sollten eigentlich auf die Versandtaschen kommen und nicht alle auf den Brief«, warf ich schüchtern ein.

»Was sagen sie?« Zerstreut klebte sie weiter 3-DM-Briefmarken auf meinen Ingeborg-Bachmann-Umschlag. Die neun Mark, die schon darauf hafteten, würden sicher die Wichtigkeit der Literaturkritikerin unterstreichen, nur … wer sollte diesen Wertbrief zahlen?

»Sie haben den falschen Umschlag erwischt«, sagte ich. »Die 3-DM-Briefmarken gehören auf die Versandtaschen. Außerdem kommt nur eine Briefmarke auf eine Sendung …«

»Scheiße!« rief sie. »Ich habe die Briefmarken falsch geklebt!«

»Ja!« sagte ich, erfreut, daß wir uns wieder verstanden.

»Das ist ihre Schuld!«

»Meine Schuld?« fragte ich. »Wieso?«

»Ja … Sie haben die … Umschläge nicht getrennt!«

»Waas? Sind wir hier bei der Müllentsorgung, oder was?«

»Ach«, murmelte sie vor sich hin, »so 'n Idiot! …« Sie fing an, die 3-DM-Briefmarken von meinem wunderbaren Umschlag runterzureißen.

»Was machen sie da?« fragte ich. »Sie beschädigen den Umschlag …«

»Na und?« sagte sie. »Soll ich die Briefmarken aus eigener Tasche zahlen?« Der Umschlag sah jetzt aus, als habe auf ihm die Posttaube genächtigt und anschließend darauf geschissen. Die Postbeamtin mit dem Bilderbuchbauchnabel wollte jetzt über ein Stück der kaputten Stelle eine Briefmarke zu einer Mark zehn kleben.

»Das soll ich so wegschicken?« fragte ich. »Das ist ein wichtiger Brief ...«

Sie schob mir den abgerissenen Umschlag und die Briefmarke zu und sagte: »Dann machen sie's selber. Ich habe mit ihnen sowieso schon zu viel Zeit vertrödelt. Die anderen Kunden warten.«

»Ja, aber ich habe keinen anderen Umschlag dabei. Und der Brief muß jetzt weg, sonst verpasse ich den Termin zum Ingeborg-Bachmann-Preis ...«

Sie griff unter die Theke und reichte mir eine Packung mit Umschlägen. »Acht Mark achtzig«, sagte sie – anscheinend hatte sie auch etwas für den Stabreim übrig.

»He? Warum soll ich mir jetzt hundert Umschläge kaufen? ... Haben sie hier nicht einen einzelnen Umschlag liegen?«

»Einzeln verkaufen wir die Umschläge nicht.«

»Ja, ich habe den Umschlag aber nicht beschädigt«, sagte ich. »Könnten sie ...«

»Verschwinden sie«, zischte sie. »Sonst rufe ich den Geschäftsführer.«

»Was!?«

Der Alte vom Nebenschalter dackelte an. Na, das wird ja was werden – jetzt prügeln mich die beiden Hübschen bestimmt aus der Post raus. Doch wie die Postleute so sind, kam alles ganz anders: Der Alte riß das Päckchen mit den

Umschlägen auf. »Geben sie ihm doch einen Umschlag«, sagte er ihr. »Er kann nichts dafür, daß sie seinen Umschlag kaputtgemacht haben.« Meine Fresse! Träume ich? Ich bedankte mich bei dem Alten, packte den kaputten und den neuen Umschlag und ging hinaus. Am Ausgang traf ich noch mal mit dem Alten zusammen. Diesmal wollte er die Tür aufmachen. Sonderbarerweise für mich. Oh Gott! Kennt er mich aus dem Fernsehen? Als ich an ihm vorbeiging, beugte er sich zu mir und hauchte mir ins Ohr: »Ich habe dich gestern in der Sauna gesehen ...«

Draußen haute ich den Brief an die Literaturkritikerin und den neuen Umschlag in den Mülleimer. Scheiß auf den Ingeborg-Bachmann-Preis! Briefe schreibe ich jedoch fleißig weiter. Selbstverständlich nur an mich selbst. Wenn du immer falsche Empfängeradressen angibst, bekommst du eine Menge Post. Und bedeuten viele Briefe nicht viel Freude? Außerdem verarschst du auf diese Art sauber die Post AG – für eine Mark zehn müssen die Typen sozusagen zweimal einen Brief zustellen.

Den Alten treffe ich jede Woche in der Sauna. Letztes Mal haben wir über das Balzverhalten der Frösche geredet. »Warte nur ab«, droht er mir immer, »bis ich eines schönen Tages bei dir klingeln werde.« Hoffentlich werde ich bis dahin die Schwarzhaarige rumkriegen. Sie lächelt mich wieder an.

Wie du die Dame deines Herzens mit dem Sport fesselst

Monika aus der Nachbarwohnung hüpfte die Treppe runter. »Warte, ich muß dir was sagen!« rief ich ihr nach.

»Dann komm mit!« rief sie zurück. »Ich muß jetzt joggen!« Und weg war sie.

Ich stelzte über die Straße, die Schmerzen hatten mich im Griff.

»Aah, Ischias!« Der Doktor frohlockte, als ob er bei mir einen Gehirntumor entdeckt hätte. »Treiben sie gar keinen Sport?« fragte er.

»Doch«, sagte ich, »ich schaue Fußball und so …«

»Sie sollten aufhören, nur ihren Hintern zu trainieren«, sagte er. »Wenn sie so weitermachen, enden sie bald im Rollstuhl.«

»Ich habe mir mit 16 beim Fußball eine Niere angerissen«, sagte ich. »Bei der Zystoskopie führten mir ihre Kollegen, die Doktoren, einen Meter von einem zeigefingerdicken Metallrohr in den Körper ein – durch ein Organ, das die Evolution eindeutig nicht an die Zystoskopie angepaßt hatte. Seitdem habe ich vor Sport eine Heidenangst.«

Ich humpelte heim. Verflucht! Das Leben ist so was von beschissen! … Werde ich Monika je im Rollstuhl einholen können?

Gleich am Nachmittag suchte ich mir einen Squashpartner, und am Abend ließ ich mir die von einem Squashball angerissene Netzhaut in der Augenklinik mit dem Laser reparieren. Joggen gab ich gleich auf. Münchner Hunde sind darauf abgerichtet, den Joggern nach den Waden zu schnappen. Und bis ich vom Gärtnerplatz die Isarauen erreiche, sind meine neuen Adidas sowieso voll von Hundescheiße. Nicht daß mich das stören würde, doch die wenigen Läufer, die ich schaffe zu überholen, neigen hin und wieder zu Wutanfällen.

Beim Schwimmen bin ich fast ertrunken, obwohl ich es zuerst ganz behutsam im Kinderbecken probiert habe. Ein etwa einen Zentner schwerer, frischer Kindergartenabsolvent sprang mir von der Kinderrutsche direkt auf den Rücken. Drei Rettungsschwimmer mußten mich künstlich beatmen – alle männlich und zu allem Überfluß von Gott mit einem Pferdegebiß versehen. Mutig wie ich bin, wollte ich danach gleich weitermachen, doch die pferdegesichtigen Rettungsschwimmer verwiesen mich des Kinderbeckens. »Hier ist es für sie zu gefährlich«, meinten sie und wieherten sich tot. Verdammt! Ist Sport wirklich Mord?

»Wo kann ich ohne allzu großes Risiko Sport treiben?« brüllte ich Monika nach, als sie zu ihrem Handballtraining trabte.

»Komm doch mit ins Sportlager in Südböhmen!« rief sie. »Für zwei Wochen. Reisebüro *Fort zum Sport*.«

»Wirst du dort für mich Zeit haben?«

»Vielleicht!« rief sie zurück und jagte dem Bus nach. Bei ihr hat der Busfahrer keine Chance. Wenn ich den Bus erwischen will, kugelt sich der Kerl vor Lachen. Manchmal wartet er sogar einige Minuten an der Station, bis ich aus der Haustür brettere, läßt mich näherkommen und gibt dann Gas. Ich bin nun mal sein privater Morgenkalauer, ich steigere seine Immunabwehr.

Im Sportlager in Böhmen war's sehr gemütlich. Gleich am zweiten Tag sollten wir über Hürden springen. Monika guckte mir zu. Da staunst du, Mädchen! Wie ein Reh schaffte ich alle Hindernisse. Vor lauter Übermut versuchte ich am Ende auch den Stacheldrahtzaun zu überwinden, der unseren Natur-Sportplatz begrenzte. Nachdem ich frisch genäht aus dem Krankenhaus in Budweis zurückgekehrt war, mußte ich mich sportlich etwas zurücknehmen – ich begleitete die langsameren Sportler humpelnd zu ihren Disziplinen und gab ihnen wertvolle Ratschläge. Monika war mir wie immer zu schnell. Wahrhaftig! Diese Frau ist ein Bündel an Energie! Wie kannst du sie ruhig stellen? Wann willst du eine manische Joggerin einige wichtige Sachen fragen?

Aber für jedes Problem gibt es eine Lösung. Ende gut, alles gut! Der Sport hat sich doch als eine kommunikative Angelegenheit erwiesen, sogar mit Sport kannst du eine Frau fesseln! Am Wochenende nahmen die besten Sportler des Lagers an einem Stabhochsprungwettbewerb teil. Monika brach beim Training alle Rekorde. Diese Sprünge! Oh, Mann! Das Mädchen springt wie ein Hirsch auf Tollkirschensaft!

Leider befand sich unser Lager in Böhmen – auf unserem Sportplatz gab es keine Bänke, an das Publikum hatte man nicht gedacht, nicht mal an mich, an den verletzten Hürdensprungchampion. Zum Glück fand ich im Gebüsch eine Kinderwagenachse mit zwei Rädern dran. Ich hab' das Ding gleich neben dem Sprungplatz aufgestellt und mich auf das obere Rad gesetzt. Wow! Flogen die Leute heute durch die Lüfte! …

Ja! ... Und da kommt schon Monika! Monika! Monika! Als sie zum Lauf ansetzte, hörte ich auf zu atmen. Sie lief, ihr Stab raste auf mich zu, welch eine Grazie in ihren Bewegungen – der Anblick hypnotisierte mich. Plötzlich löste sich das Rad, mein Sitz, und glitt nach unten. Meine Sitzfläche war weg – ich sauste abwärts. Die Fahrradachse fuhr mir wie ein Speer ins Arschloch. Ich heulte auf vor Schmerz. Monika erschrak, drehte sich im Lauf um, jagte ihren Stab in einen Haufen alter Fußballtornetze und stieg in die Luft wie ein Vogel. Leider war die Sprungmatte ein paar Meter von der Stelle entfernt, wo sie hinfiel. Zwei Rippen hat sie sich gebrochen.

Jetzt liegt sie im Budweiser Krankenhaus im Bett, und ich stehe neben ihr. Sitzen kann ich ja für ein Weilchen nicht mehr. Klar belabere ich sie mit allen Kräften – ihr Widerstand schwindet von Tag zu Tag. Wenn man sie noch eine Woche im Krankenhaus behält, habe ich gewonnen. Dann werden wir zusammen Sport treiben – selbstverständlich nur auf einer handfesten theoretischen Basis. Und dann soll Sport Mord sein? Sport ist doch schön!

Also gut: Aufstehen. Ein Sonnenstrahl, der durch den kleinen Riß im Rollo dringt, schweißt mir die Augenlider auseinander, kann auch sein, daß ich mit offenen Augen geschlafen habe, schwer zu sagen, jedenfalls stehe ich bereits auf dem kühlen Linoleum, lasse das Rollo durch ein lässiges Rucken aufrollen – zap! – und dann übergießt es mich wie radioaktiv verstrahlte Milch, das Licht wird durch die Staubschicht auf dem Fensterglas noch gebrochen, wenn das nicht so schön aussehen würde, könnte man glatt auf die Idee kommen, mal zu putzen.

Kai Damkowski

angst sucht hase

294 Seiten
16,36 €
ISBN 3-930559-43-9
Ventil Verlag

»Klausner« ist ein bissiger Zeitgenosse, ständig genervt und manchmal fast bösartig zynisch.

Er kommentiert im Verlauf eines imaginären Wochenendes ungefragt und erbarmungslos alles, was ihm in den Sinn kommt: Popmusik, Politik, die verweichlichte Jugend der 90er, seine Heimatstadt Hamburg, deren »Hamburger Schule« – und natürlich die Frauen, die für ihn ein steter Quell beinahe unauflösbarer Gehirnverknotungen sind.

Atemlos läßt er seiner Gedankenflut freien Lauf, mit Wut im Bauch und der egomanischen Begeisterung eines Unbeirrbaren in Herz und Hirn. Vielfach gescheitert in allen Belangen des alltäglichen Lebens, ist er dennoch jemand, der niemals aufgeben wird. Das Leben muß bis zur Neige ausgekostet werden, und das tut er auch – Wochenende ist schließlich Wochenende!

es schellte. »endlich sommerferien!« jubelte super-lupo, sprang auf und tanzte. wie lange hatte er darauf gewartet? nun ja, eigentlich war er ja arbeitslos und somit jeder tag sommerferien für ihn. doch er mochte es, wenn auch die anderen nichts tun mußten. da fiel er weniger auf.
es war der erste august. alle hatten frei außer den bayrischen kindern. ›die müssen bei der ernte helfen‹, dachte super-lupo. es schellte erneut.
oha, super-lupo war ja zu hause, und das läuten der sommerferienglocke an der tür. super-lupo ging besser mal hin. und er wußte auch, wer da jetzt käme. sein freund, der pauli.

Linus Volkmann

super-lupo –
jeder freund ist anders

mit zeichnungen von ole kaleschke
160 seiten
11,25 €
ISBN 3-930559-47-1
Ventil Verlag

super-lupo, sein freund pauli und dessen nagelneue verlobte, annabelle, verbringen ihre ferien in italien. am lago maggiore. und es ist sommer. kommunikation bringt sie nur durcheinander, macht sie karussell im kopf.

sie treffen auf andere junge leute, zerstören beiläufig und fahrig deren leben wie den eigenen urlaub und umgekehrt. das alles aber nicht ohne würde. unkooperativ und gut abgehangen setzen sie der unheimlichen ferienanlage ziemlich zu. die hält dagegen.

Linus Volkmann

smells like niederlage

mit zeichnungen von ole kaleschke
120 seiten
9,66 €
ISBN 3-930559-81-1
Ventil Verlag

niedliche hysterie, stylisher autismus – und szenarien völlig ohne macker!

das klingt wunderschön, ist aber gleichzeitig auch brandgefährlich. chronisch untervorteilte figuren wie robbe und bürzel, doeserella und super-lupo beweisen, daß sich auch ohne candlelight-dinner, guten-morgen-küsse und zwanghafte kinobesuche einsam gefühlt werden kann. aber abdanken aus der beziehungsgesellschaft? quit living on dreams ...

»In jedem Satz von Linus Volkmann steckt mindestens eine gute Idee, ohne dass einem so viel Originalität auf die Nerven geht. In deutscher Sprache wird zur Zeit nirgendwo schöner und komischer über das Scheitern geschrieben.«

Walter Moers

»Ein mikroskopischer Blick nach innen. Jeder Kieselstein wird umgedreht. Worte unter der Lupe. Bedeutungen werden zerbatzt und neu angeordnet. Jugend vor Gericht. Traurig und süß. Das gefällt mir.«

Rocko Schamoni

Jan Off

Hanoi Hooligans

144 Seiten
9,66 €
ISBN 3-930559-80-3
Ventil Verlag

Sir Jan Off ist der Bad Boy unter den deutschen Wortakrobaten. Und »Hanoi Hooligans« ist das Meisterwerk des schlechten Geschmacks!

Nachdem er im Oktober 2000 in Düsseldorf triumphal zum deutschen Poetry-Slam-Meister gekürt wurde, legt Jan Off seinen zweiten Band mit bizarren Kurzgeschichten und Social-Beat-Gedichten im Ventil Verlag vor. Gnadenlos unappetitlich, aber immer höflich, fährt er erneut eine ganze Batterie von hoffnungsvollen Verlierern und guterzogenen Irren auf.

»Jan Off, der Berufszyniker mit dem authentischen Proletenflair.«
Frankfurter Rundschau

»Hier lebt der Punk. Anstatt Phrasen zu dreschen, wird der Tag zur Nacht gemacht. Das geht runter wie ein süffiger Kurzer; auch nach der Morgendämmerung.«
Choices Köln

»Für alle, die einen guten Rausch und ein gutes Buch als gleichermaßen unentbehrliche Lebensbegleiter schätzen. Man muß Bukowski und Miller nicht mögen, um das hier zu lieben.«
Dickschädel